ありがとう、わたし

乃木坂46を卒業して、心理カウンセラーになるまで

中元日芽香

文藝春秋

『ありがとう、わたし　乃木坂46を卒業して、心理カウンセラーになるまで』

まえがき

初めまして。中元日芽香《なかもとひめか》といいます。心理カウンセラーをしています。「乃木坂46」というアイドルグループで六年間ほど活動していました。

アイドルのことよく知らないけどなんとなく苦手だわ、という方がいらっしゃるかもしれません。それでも、こうして手にとっていただけたのも何かのご縁。

私がアイドルだった頃のエピソードが、もしかしたら貴方《あなた》の青春時代と重なるかもしれません。いろんなことで悩んだり、思い切って転職したり、消化しきれなかった過去を突然振り返ってみたくなったりした経験がある方にとっては、共感ポイントがあるのではないかと思います。

貴重なお時間を少しだけ頂戴《ちょうだい》して、飽《あ》きるところまでで良いのでよかったら読んでみてください。

私がアイドルだった頃を知っている方、お久しぶりです。「またね」といった私がこんな形でもう一度貴方にお目に掛かることになり、喜んでもらえるのかな。期待していた再会と違っていたらごめんなさい。

アイドル、めちゃめちゃ楽しかったです。ただ、はじめに断っておきます。私のアイドル人生、楽しかったエピソードだけではやっぱり乃木坂を語ることはできない。紆余曲折《うよきょくせつ》あった、だからこそ濃密でかけがえのない大切な思い出となりました。

アイドルの苦労話を聞きたくない方、たくさんいらっしゃると思います。そんな貴方、まだ間に合います。この本、そっと閉じた方がいいです。個人的には私も、アイドルはいつだってファンに夢を見せてほしい派の人間です。

この本は、アイドルとして活動して、その中で色々なことを感じて、カウンセラーという仕事を選択し今に至るまでの数年間を記したものです。アイドルじゃなくなったからこそ書けることがあると思いました。カウンセラーとして、私の言葉が間接的に誰かに寄り添うことができるかもしれないとも思いました。

読んでいただいた方々にどこが一番刺さるか、人によって分かれるような気がします。

それでもこれだけお伝えしておきます。

私は前向きな気持ちで書きました。

今とっても充実しています。毎日仕事のことを考えて、自分の可能性を模索《もさく》する日々を過ごしています。

目次

第2章　カウンセラーになる私

第3章　過去を踏まえて前へ進む

第0章　広島で中学生だった頃

乃木坂46と出会うまで

漠然《ばくぜん》と、自分の人生に「挫折《ざせつ》」という言葉は無縁な気がしていました。努力の仕方を知っているから。特別な才能には恵まれなかったものの、「ある程度のレベルまでは努力で補《おぎな》うことができる」と経験に基づいた自信を持っていました。

＊

小学一年生の頃から地元のダンス教室に通い、小学四年生でアクターズスクール広島に入学してからは、歌も習うようになりました。

学校の成績は良い方でした。習い事と学習塾を掛け持ちし、忙しいながらも充実した小中学生時代を過ごしました。

中学生の頃は放送部に所属していて、NHK杯全国中学校放送コンテストに出場した際、ラジオ部門にて一位を獲《と》ったことがあります。番組制作はチームプレーで、私が携《たずさ》わったのはほんの一部分でしかないですが。

アクターズスクールは、将来芸能界で活動したい生徒が多く在籍し、年2回の発表会には芸能プロダクションの新人発掘担当の方が東京や大阪などから観に来て、光る子には声がかかる。そんなスクールでした。

週一、3時間のレッスンがベースで、オプションで個人ボイストレーニングやダンスレッスンを受ける子が多くいました。平日の夜も、希望する生徒は演技やモデルウォーク、アナウンスレッスンを受けることができます。

私も熱心な生徒の一人でした。塾に通いだしてからは平日レッスンを受けられない日が出てきましたが、発表会前になると土日は朝から晩までずっとスクールに居る状態。乃木坂に加入が決まるまで五年間通いました。

しかし、私は芸能界に興味があったわけではありませんでした。ノリで始めて、気がついたら楽しくなって続けていましたが、あくまで歌とダンスは習い事に過ぎなかった。

将来の夢を聞かれるといつも困りました。周りの生徒が「歌手になりたいです」「女優さんになるのが夢です」などという中で、一人だけ小声で「ト、トリマーに……」と答えるのです。それも特別なりたいというのでなく、ペットショップでトリミングしてもらっているワンちゃんを見るのが好き、という程度のものです。盲導犬《もうどうけん》の訓練士、女子アナ、はとバスのバスガイド、スタジオアリスのお姉さん、など興味を持った職業はいくつかありましたが、いずれも強い志は伴っていません。ただぼんやりと、良い高校に行って、良い大学に行って、きっかけは何であれ東京に住めたら楽しそうだな。その程度のものでした。

中学三年生の夏。あるオーディションを勧められました。アイドルグループ「乃木坂46」のスターティングメンバーを募集するということでした。8月の終わりには最終選考があってメンバーが決まる。

これまでも、芸能プロダクションのオーディションには、気乗りしないなと思いながら、半《なか》ば強制的に会場に連れて行かれて面接を受けたことはありました。よく聞く、身内が勝手に履歴書《りれきしょ》を送っていたというやつです。受かりたいという気持ちが全くなかったので、自己PRで「犬の鳴き真似《まね》をやります。ワンワン。以上です」みたいなテンションでした。もちろん芸と呼べるクオリティのものではありません。

(アイドルか……。歌って踊《おど》れるのはちょっと楽しそうだな)

乃木坂はいつもより前のめりで受けたオーディションだったように思います。しかし高校受験に専念する時期です。地元広島県内の進学校を受けるつもりでした。このオーディションに落ちたら受験に専念しよう。そんなスタンスで臨《のぞ》みました。

2011年8月21日、最終選考を経て「乃木坂46」は誕生しました。私もメンバーの一人に選ばれました。

第1章
アイドルだった私

【2011年（15歳）】

挫折からのスタート

オーディションは、自己紹介と、歌唱・ダンス審査という内容でした。プロダクションのオーディションを受けた経験は何度かあるので、上手《うま》いとか下手《へた》とかでなく、その子の佇《たたず》まいだったり、まとっている雰囲気だったり、ポテンシャルだったり、事前に準備できないものも含めて、審査されるということはわかっていました。それなら一生懸命やるのみです。

最終オーディションには魅力的な女の子しか残っていないように思いました。いろいろなタイプの美人が一通りいました。

待ち時間に仲良くなって、一緒《いっしょ》に写真を撮《と》ったり、連絡先を交換したりしました。ライバルなはずなのに、アイドルオーディション最終審査の楽屋に漂《ただよ》っていそうなギラギラ感や、殺伐《さつばつ》とした雰囲気は一切なく、「緊張するね」「一緒に合格できたらいいね」などほのぼのとした会話が飛び交っていました。

乃木坂一期生の空気感は、この時すでに形成されはじめていたのかもしれません。内に秘めた負けず嫌いはあるだろうけれど、誰かを蹴落《けお》として這《は》い上がってやろうというよりは、みんなで頑張りたいね、みたいな。

当時の私はナルシストとまではいきませんが、努力してきたことへの自信はあったし、スクール内でしょっちゅうオーディションが行われていたので、選別されることにも慣《な》れているつもりでいました。

だから、楽屋の和《なご》やかな雰囲気が不思議でなりませんでした。同じ目的を持った同世代の女の子たちが、全国色々なところから集められてきて、こうして出会うことができた。その楽しさはわからんでもないけれど。でも、この中の誰かは落とされるんだよね？

私は、仲良くなると簡単に手の内を明かすような人間大好き人間ですが、オーディション会場となると流石《さすが》に警戒します。警戒しながらも余所《よそ》行きの顔でニコニコしていました。

最終審査の結果発表は、全員がフロアに整列させられて、受かった子たちだけが壇《だん》上《じょう》に上がるというシステムでした。

名前が呼ばれていく子は可愛いのだけれど、呼ばれなかったのもまた可愛い子ばかり。このオーディションの基準が私にはわからんぞ。素人目《しろうとめ》にはわからない何かが、きっと業界の大人たちには見えているのでしょう。私は合格しました。晴れて乃木坂のメンバーです。

スターティングメンバーのオーディションだったので、乃木坂46というグループがこれからどのような力を持つのかわからない。ＡＫＢ48さんのようになれるのか、それとも名前が世間に浸透《しんとう》することなく解散になってしまうのか。それでも、せっかく選んでいただけたのだから頑張ろう。ふわふわとした気持ちの中で、浮かれている自分もどこかにいたような気がします。

合格者はこのまま全員で記者会見だと聞いています。さあ笑おう。喜びに浸《ひた》ろうとした次の瞬間。合格者全員をフロアに下ろして運営さんはこう告げました。

「急遽《きゅうきょ》、暫定《ざんてい》選抜メンバーを決めました。名前が呼ばれた方は再度壇上へ」

「……?」

さっきと同じようにフロアに整列しました。選抜メンバー? グループ結成オーディションで、同時に結成後のポジションまで決めるなんて聞いていません。

今度は名前が呼ばれませんでした。

合格発表された直後、いきなり選抜メンバーとアンダーメンバーに分けられるとは。私はアンダーメンバーでした。

えっ、何が起こったの。これからどうなるの。よくわからないけれど、なんだか険《けわ》しい道のりになる気がする。高校受験を諦《あきら》めてこのグループに人生を賭《か》けていいの?

いっそオーディションに受からない方がよかったなんてことに……ならないよね。

それまでの私は、学校の成績は良い方で、スクールでも歌は歌える方。いわゆる「やればできる子」だと自分を評価していました。ダンスは上手い子がたくさんいてかなわないから、その土俵で戦う気にはなれない。それでいいと思っていました。ここで頑張りたい。そう思った矢先のアンダー宣告。プライドが高い私は、いきなり心が折れました。大きな挫折を味わいました。そんなことで、と思われるかもしれませんが、後にも先にもない、人生で一番大きな衝撃《しょうげき》でした。

オーディションには受かったはずなのに、喜ぶ間は与えてもらえず。メンバーに選ばれたことはおめでたい、でもいきなり負け組のレッテルを貼《は》られたような。感情がぐちゃぐちゃなままその日はホテルに帰りました。

地元に帰ると、友人や親戚《しんせき》は「私にとってはひめちゃんが一番可愛く見えるけどね～」と言ってくれました。そりゃ身内だからね。でもありがとう。

乃木坂46

乃木坂46は、2011年8月に結成し、翌年2月にデビューをしました。執筆している現時点では四期生まで在籍しています。

AKB48さんの公式ライバルとして誕生し、プロデューサーは秋元康《あきもとやすし》先生。〝乃木坂〟は最終オーディションが行われた元ソニービルの所在地から来ていて、46は「AKB48より2人少なくても負けないぞ」といった意気込みを表しているそうです。実際に在籍している人数を表しているのでなく、あくまでニュアンスなのですが、よく「46人グループなの？」と聞かれます。説明するのが面倒になってしまった私は「うん、そんなもんかな」なんて返事をしてしまいますが、メンバーが加入したり卒業したりして、その都度《つど》人数は変わります。

活動内容は多岐《たき》にわたります。どれに重きを置いているかは人によって違うと思うので、紹介順は私の感覚で。

まず大きな軸として楽曲のリリースが挙げられます。年に数枚シングルまたはアルバムを制作し、新曲を引っ提《さ》げて歌番組に出演したり、握手会やイベントをしたり、手が麻痺《まひ》するほどサインを書いたりします。ライブもコンスタントに行っています。

時期に関係なくやってくるのが、グッズの一つである生写真《なまじゃしん》の撮影、スマホアプリの素材撮影。それから、乃木坂46は冠《かんむり》番組を持っていて、その収録。テレビ、ラジオ、WEB、いくつかあるのですが、結成当初からずっと続いているものには、テレ東系の『乃木坂工事中』というバラエティ番組があり、MCはバナナマンのお二人です。ですからバナナマンさんを我々は「公式お兄ちゃん」と呼ばせていただいています。

個人の仕事もあります。雑誌の専属モデルをしていたり、コラムを書いたり、テレビやラジオ番組にレギュラーとして毎回出演したり。あとはグラビア撮影、CM、映画、舞台、イベント、その他諸々《もろもろ》。個人での活動も多いです。

アイドルは、想像よりずっと忙しい！　見えていないところで結構忙しく過ごしています。忙しかった自慢がしたいわけではないのですが、とにかく頑張《がんば》っています。

さて、シングルをリリースする際には表題曲が一曲目にあって、他にカップリング曲がいくつかあって、というのはどのアーティストさんにもだいたい言えることです。

大人数アイドルの場合は、表題曲を四十何人全員で歌うわけにはいきません。そこで採用されるのが選抜制度です。メンバーを二つのチームに分けて、表題曲を歌う人数を絞《しぼ》ることで、歌番組に対応できるようにしていました。

「選抜メンバー」と「アンダーメンバー」に分けられます。並列ではなく、上と下です。選抜メンバーは表題曲を歌います。ということは全国ネットの音楽番組に出演し、知名度が上がったり、人気が出たり、指名で仕事が来たりします。

シングル単位で選抜メンバーの構成は変わります。そのメンバー発表は『乃木坂工事中』の収録の中で行われ、全員着席しているところから、選ばれたメンバーだけが選抜側の立ち位置に移動するというもの。自然と対立構造になるような環境をセッティングされました。

外から見ていると仲が悪くなっても仕方なさそうな制度ですが、そうならなかったのが乃木坂の良いところの一つだと感じていました。「アイドルってみんな仲悪いんでしょ?」と聞かれることがありますが、その度にカチンと来ます(笑)。

「選抜に選ばれる・選ばれない」という書き方を何度かしますが、「頭痛が痛い」の類《たぐい》ではなく、「選抜メンバー(というチーム)に~」と捉《とら》えていただけたらと思います。

選抜制度は、私のアイドル人生において大きな鍵《かぎ》となりました。

広島―東京間の往復

8月末に結成して、9月には本格的にレッスンをしていました。関東勢は平日もレッスンをしていたのですが、メンバーの三分の一は関東以外の出身なので土日のみ参加。週末東京にきて、土曜の夜は地方組みんなでご飯を食べて、ホテルに泊まる。

日曜もレッスンをして、夜は各々《おのおの》の地元へ帰る。また来週会いましょう。最初の一ヶ月はそんな感じでした。

出来るだけ早く生活の拠点を東京に移して本格的に活動したい。そう考える子が多く、転校手続きや、入寮の準備を素早く整えて、冬になる頃には地元から通うメンバーの方が少なくなりました。

上京について家族や事務所と話し合った結果、私は今通っている中学を卒業して、来年度、高校進学のタイミングで東京に出てくることにしました。卒業まであと半年だったので、クラスのみんなと同じタイミングで卒業させてあげたいと考えてくれていたようです。

結成して間もない時期でしたが、私は活動に熱意を持って取り組むことができずにいました。勝手がわからないというのもあったし、未だアンダーであるという事実を受け入れられずにいました。選抜に選ばれていたら、思い切ってオーディション直後に上京を希望したと思います。言い訳ですね。負け惜《お》しみです。

広島―東京間、新幹線で片道4時間。地方メンバーが次々と上京してゆく中、私は半年間、地元から週末東京へ通い続けました。

ＣＤデビューまでの半年の活動といえば、レッスンの他には冠番組の収録、アイドル誌の撮影、１ｓｔシングルのタイアップ撮影など。デビュー前からこんなにお仕事があるなんて乃木坂は恵まれています。ＡＫＢ48さんのライバルグループと謳《うた》っていたので、その恩恵を受けていました。もちろんみんなも、次に繋《つな》がるよう頑張っていたし、スタッフの皆さんも私たちのために頑張ってくださっていました。

お仕事と重なったことで、中学生最後の体育大会を欠席せざるを得ませんでした。放送部三年生にとって体育大会のリレー実況は、引退前最後の大仕事だったのです。うちの中学校は入場行進もパフォーマンスの一つになっており、それを紹介するのが一年生の頃からの夢でした。死ぬ間際、後悔する出来事の第一位は、今のところ参加できなかった中学最後の体育大会です。

クリスマスも、冬休みも、東京で仕事。学校行事よりも仕事が優先。

「芸能活動とはこういうことか」と早々《そうそう》に察しました。

自分とは何者か

どのアイドルも最初必ず通る道、自己紹介。

特に最近のアイドルは、パーソナルな部分がそのまま商品になっていることが多いです。楽曲のパフォーマンスはもちろん大切ですが、それに加えてブログだったり、実際に話す言葉だったり、そういった人間味が感じられることで、ファンに応援したいと思ってもらう。

「ダンスかっこいいな」という楽しみ方をする人もいれば、「ダンス上手になったな」という楽しみ方をする人もいます。その成長過程を見てもらうことが一種のエンターテイメントなのだとしたら、私には伸び代が少なく、当時のファンはあまり楽しくなかったと思います。

自己紹介は、人数が多ければ多いほど差別化を図る必要があります。デビューしてしばらくの持ち曲が少ない期間は、とにかく自己紹介をしていました。

「分かりやすいキャラクター」「特技」「他の人が持っていないセールスポイント」

私はというと、何もない。

何も、です。

ピアノ、バスケ、習字、学習塾。いろいろと習い事をさせてもらっていたのに、特技と言えるものは何一つない。歌とダンスはもっとうまい子がいるので武器にならない。華々《はなばな》しい経歴は持っていないし、無個性でも許されるほどスタイルがいいわけでも顔が可愛いわけでもない。

日芽香という名前だったので、ニックネームを「ひめたん」と名乗りました。響きが自然と女の子らしくなりました。

名前の由来は、春の晴れた日に生まれたことからつけられました。お日さまの「日」、息吹く新「芽」、花の「香」りで「日芽香」です。私は自分の名前をとても気に入っています。

「ひめかです」と言うと「ひめってお姫様の姫?」とよく聞かれるので「違うんですよ~。漢字三文字で、お日さまの日と……」がお決まりの挨拶《あいさつ》です。

自分ってどんな人間だっけ……。そういえば、私はずっとぶりっ子でした。

三姉妹の中間子です。自分より年上には上手に甘えて、年下には世話を焼く。甘えるのも頼られるのもどちらも好きです。とにかく愛されたいと思っていました。

他人からどう見られているか気になって仕方がありませんでした。人の顔色をめちゃめちゃ窺《うかが》います。相手が何を求めているかを感じ取って、出来るだけ期待に応えるように振《ふ》る舞《ま》ってきました。おかげで察しの良い人間に成長しました。いろんなことに気がつきます。特技は空気を読むこと。読んだ上で、必要であれば壊しに行くこともあります。

身内からは「外ヅラがいいよね」と評されます。中身はサッパリサバサバしているようで、気が合う友人は同じくサバサバタイプの子ばかりです。久々に会ってもその時間経過を感じない、「よっ！」というテンションで話せる人たちが多いかな。

でも、根っこは可愛がられたい体質。学校一の人気者になりたいなんて言わない、ただ関わる人たちには良い印象に映《うつ》りたい。

褒《ほ》められるために勉強をする。褒められるために歌やダンスを頑張る。「褒められる」「認められる」ことが何よりのご褒美《ほうび》でした。承認欲求を満《み》たすためならどんな努力もいとわなかったし、逆に言えばそれ以外の報酬にはあまり興味がない。気づいたら何でもそつなくこなすだけのスキルが身についていました。

自然とストイックなザ・王道アイドルキャラに行き着きました。

「乃木坂一の甘えん坊で寂《さび》しがり屋な、中学3年生の15歳です！」

とステージ上で自己紹介をしていました。

見た目（フォルム）が可愛らしくて、趣味嗜好《しこう》も女の子らしい。ツインテールをして、服も女の子らしいものを着ていました。「できない」ことは私の美学に反することなので、何をやってもちゃんと形になる隙《すき》のないアイドル。こうしてひめたん像は構築されました。時間はそんなにかかりませんでした。

唯一無二の特技なんて持っていません。面白いことがパッと言えるような人間でもありません。カタブツっていうのかな。

何気ない会話に対しても、この人は私に何を求めているのだろう。試されているのだろうか、など色々と考えては、自分の意思よりも相手が求めている解答を探ります。フタを開けると中身は空っぽで、「あなたはどんな人間ですか？」と聞かれると「実をいうとよくわかりません」というのが本心です。

私はつまらない人間だな。それもコンプレックスの一つでした。

だとしたら、ここではいっそアイドルになりきろう。それこそ特技といっていい。

芝居は苦手ですが、目の前にいる人たちを楽しませることは得意でした。

猫をかぶる、という言葉がありますが、私の場合はかぶれる猫が何匹かいて、その場に適した猫をかぶるようなイメージでこれまで生きてきました。優等生にもなれるし、ラフに話せる同級生にもなれるし、可愛げのある年下にもなれる。ムードメーカーにも、その場に居たらちょっとピリッとするようなお姉さんにもなれます。そして存在感を消すこともできる（これが一番自信ある）。

アイドルになったことで、これまでにはなかった新しい人格が形成された感じ。「ひめたん」は完全なるアイドルです。ひめたんならきっとこう答えるだろう。このように振る舞うだろう。外からはこの役回りを期待されているだろう。頭で考えるよりも感覚で、無理なく自然にできました。

ひめたんとして過ごす時間は、とてもポップで愉快《ゆかい》なものでした。

現場で見る景色は基本的に、私ではなくひめたんの目で見たもの。歌うのも踊るのもひめたん。話すのも基本的にはひめたん。ただし不意に〝私〟が顔を覗《のぞ》かせることがある。中元日芽香とはそんなアイドルでした。

この時から神経性の不調は症状として出ていました。ただそれに気づいたのは何年も経《た》ってからのことです。体質かなとか、一時的なものかなと思い、やり過ごしていました。

原因はなんだったのでしょう。環境の変化？　自分では、身体に支障《ししょう》を来《きた》すほどの出来事だったとは捉えていません。

*

【2012年（16歳）】

上京、高校入学

中学を卒業して3月中旬、上京しました。

まだスカイツリーができる前の話。東京タワーが見える場所に住んでいて、今はもうなくなってしまいましたが、当時東京タワーのふもとにあったスタジオで番組収録を行っていたので、東京タワーに対して一方的に思い入れがありました。湧《わ》き上がってくる感情のカテゴリーは、切なさと虚《むな》しさ。

仕事で思うようにいかず肩を落として帰ってきた日や、疲労困憊《こんぱい》な中で学校の課題をやらなければならない日など、振り返ったら東京タワーが煌々《こうこう》と夜の街を照らしていました。

泣きたい時に東京タワーを見ると、ライトアップされたその煌《きら》びやかさに余計泣きたくなりました。

東京はあくまで仕事をしにきた場所というイメージを持っていたので、高校生活に胸を躍《おど》らせるでもなく、東京の高校生とはどんな人たちなのか、クラスメイトには心を開いてもいいものなのか、放課後に原宿に行くのか、最初の数日は距離感や雰囲気を探りました。

入学した翌日に「うちの高校に乃木坂の子が入学したらしい」という噂を聞きつけた先輩方が一斉に教室に押し寄せて、大きな力に耐え切れなくなったスライド式のドアが「ビタンッ」と前に倒れるという、漫画のような出来事が起こりました。年季の入った校舎ということもあったかもしれませんが、その時ばかりは少し肩身の狭い思いをしました。とにかく静かに過ごしたい。そんな感じで始まった高校生活でした。

広島弁が恥ずかしいというより、標準語を話す女子が可愛く見えて、一ヶ月後には完全に訛《なま》りが抜けてしまいました。東京に染まったと言われても仕方ありませんね。自ら染まりに行きました。

しかし惜しいことをしたな。完全に方言が抜けてしまってから広島弁女子の魅力に気づきました。今は広島弁を喋《しゃべ》ろうとしてもエセになってしまいます。バラエティ番組でよくある「広島弁で告白！　どうぞ！」みたいな振りへの対応もぎこちないものでした。

ＴｗｉｔｔｅｒやＦａｃｅｂｏｏｋを介して人と知り合う時代。ＳＮＳをしておらず、部活動もやっていなかった私は、学校の中ではクラスメイト以外接点がありません。仲の良い友人は限られていました。かっこいい先輩の話や、誰と誰が付き合っているなどの話に入っていけません。流行《はや》りにも疎《うと》かった。

朝から夕方まで授業を受けて、放課後は会社や仕事現場へ。遊ぶ時間など当然なく、忙しい日々を過ごしていました。

活動ではなかなか日の目を見ることはなく、学校の成績もそんなに良いとは言えない状態。今まで頑張ればなんとかなっていましたが、ここに来て両立の厳《きび》しさを感じました。

どちらも中途半端になってしまっているもどかしさがありながら、どこかで言い訳をしてしまっている自分もいました。「高校を卒業したらもっと仕事が増えるはず」「活動が大変だからテストで点が取れないのは仕方がない」

それでも、学校生活は楽しいものでした。警戒していたのは最初だけで、その後あっさり溶《と》け込むことができました。クラスみんなの理解があったおかげで、学校にいる時はアイドルであることは忘れて、普通の高校生として生活を送れました。髪型やメイクが自由な校風の中、私はだいたいスッピンにマスク。髪も自分で巻けません。

授業中はよく寝ていました。サボろうという気はなく、必死に目をかっぴらいて、眠気覚ましに効くとされているツボを痛いくらいに押すなど努力はしているつもりなのですが、気がついたらいつも寝落ち。

放任主義な教育方針なので先生は起こしてくれません。友人も優しさからか、そっとしておいてくれます。現代文の時間に寝て、起きたら英語になっていたこともありました。

摂食《せっしょく》障害

初期のいくつかのシングルでは、アンダー最後列のポジションから前に行くことができず、頑張れば頑張るほど惨《みじ》めな気持ちになりました。

といってもこの時は、ただ目の前の仕事を一生懸命にこなしているだけで、目立った功績は残せていません。勉強と活動でなかなか寝る時間が取れなかったり、心に余裕のない生活を送っていた忙しさが、〝自分は努力している〟と錯覚《さっかく》させました。

歌とダンス歴は他のメンバーよりも長いので、最初の数年は絶対にみんなより上手だったはず。初めましてのスタッフさんとは「アクターズ出身なんだね」がアイドリングトークになる私です。

だから選抜メンバーが表題曲を歌っているのを見るのは辛かったです。みんなより上手なはずなのに、なぜ後ろで踊らないといけないの？　と思っていました。しかし組織に順応しないとどんどん選抜から遠ざかるだけです。

高校生になって経験したのが過食症でした。ストレスを発散するのが苦手で、心の内を話せる人は誰もいないし、我を忘れて没頭《ぼっとう》できる趣味もない。そんな中で唯一スッキリできるのが過食をしている時でした。過度に食す。

一番初めは中学三年生の冬休み。寮にいつもより長く滞在するようになって、自分一人になれる空間を持ったときでした。何をしても誰にも咎《とが》められない自分だけの空間。外界から全てを断ち切って、己《おのれ》を解放してあげられる時間。一心不乱にダンスをするのか、ゲームをするのか、はたまた瞑想《めいそう》やアロマを焚《た》いたりして静かに過ごすのか。

その時の私は、乱暴な食事をしました。

「ちょっと食べ過ぎちゃったな」程度の気持ちでした。その分長湯をしてデトックスしたり、近所をウォーキングしたりして、チャラにはならないまでも多少リセットしたつもりでした。

それがやがて習慣になっていきました。自分のストレスを鎮《しず》める手段を一つおぼえたのです。何をしている時が幸せですか？　の答えを手に入れたのです。

考察するに、色々なことを競わなければならない環境の中で、プライドの高い私は、結果を残せていない今の自分が情けないと負い目を感じていた。でも誰かに話をしたり、趣味などをして気分転換をすることができなかった。

そんな自分の心を唯一満たしてくれるのが食べ物だったのではないかと思っています。誰かに甘えるように、助けを求めるように食べました。泣きながら食べるような日もありました。

もともと、食べることがそんなに好きというわけではありません。胃が大きいわけでも、消化が早いわけでもありません。ですが嫌なことがあった時は、１０００円札を握りしめてコンビニに行き、お釣りを出さないようにギリギリまで食べ物を買い込みます。そして無心で食べる。美味《おい》しい、幸せ、などと味わっていません。ただ気持ちが満たされているように感じます。

一通り食べ終えそうなところでふと我にかえる。目の前の残骸《ざんがい》に絶望する。ああ、またやってしまった。また怒られる。なんでいつもこうなんだろう。

どんどん図体《ずうたい》が大きくなっていく私は、大勢の美人の中に埋《う》もれるどころか、逆に悪目立《わるめだ》ちするようになります。

グループ結成から一年後、夏に3rdシングルをリリースするまでには悪い意味で身体が仕上がってしまいました。こうなってくると選抜されない原因は明らかです。それは自分でも痛いほどにわかっていました。

ちょっと悔しいことがあった時、頭に浮かぶのは「食べて忘れよう」、そんなことばかり。気持ちの切り替えが自分ではうまくできないから、無理にでも頭を空っぽにしないとやってられない。

やがて仕事に限らず、色々な場面で「過食しよう」と思うようになりました。寝不足が続いて疲れている時。学校で試験問題が全然解けなかった時。なんとなくモヤモヤして気分転換がしたい時。

中でも一番ストレスだったのは、太っていることを指摘された時でした。過食やめなきゃ。痩《や》せなきゃ。でも結局やめられない。それが何より辛かったです。過食を我慢しようと思うとそれがまたストレスになりました。

ただ食べ過ぎて太るのと、過食症。医学的な線引きは一旦置いておいて、経験者の目線で「症」のラインはどこからなのだろうと考えてみると、食べている時の気持ちにあるのではないかなと思います。

いわゆるメタボ体型になってしまって「ああ〜痩せなきゃ〜」と言いながらまた白いお米やビールに手を伸ばしてしまう。そういう方は結構いらっしゃると思います。でも過食症は、その後悔とは少し違うと私は思うのです。

過食症はヒートアップすると、もう一段階上の行動に出ます。簡単に言うと、食べたことを物理的になかったことにしようとするんです。それは「明日から気をつけよう」のレベルを超越しています。罪悪感の度合いが過食症は強いんじゃないかな。

朝、鏡を見ては憂鬱《ゆううつ》になり、昼、現場で衣装を着ると憂鬱になり、夜、お風呂に入ると憂鬱になる。醜態《しゅうたい》を目の当たりにする度ため息が出ます。

自分の見た目が嫌いで、過食を繰り返している自分の行いが嫌いで、もう最後にしよう。毎度そう思います。しかしやめられない。

みんなで一斉に着替える場面が苦手でした。温泉も苦手でした。体型がコンプレックスだったので、みんなといる時に薄着になることが耐えられませんでした。

そして、この時からずっとカメラが苦手です。仕事でカメラの前に立つ時もなるべく目立ちたくないと思っていましたし、プライベートで人が集まった時に何気なく起こる「いえーい」みたいなノリのやつでさえ、反射的にフレームアウトするか顔を隠してしまいます。笑顔を作るのが下手で、自分の笑った顔があまり好きではありません。

特にドキュメンタリーのカメラが本当に苦手でした。ステージ上ではキャラクターも含めてパフォーマンスをしているのだから、素《す》を晒《さら》すのが本当に嫌なのでしょうね。「ひめたん、コメント録らせて！」は問題ないのだけれど、ライブの準備や練習をしていたり、裏で笑ったり泣いたり、いわゆる無防備な状態を撮られるのが苦手で、カメラの気配を感じた瞬間に逃げていました。

事前に「今日ドキュメンタリーのカメラ入ります」と言われた時は、みんな着るものに気をつかったり、ヘアメイクをしっかりしてきます。

私はというと、マスクで表情がわからないようにしたり、映像が使い物にならないようにするために、キャラクターのTシャツや学校のロゴが入ったジャージを着て行ったりしていました。性格悪いですね。気の抜けたところを見られるのが嫌なのです。

だったら、ステージでないところでもアイドルを演じなさいよっていう話なのですが、とにかくカメラに映りたくない気持ちが強かった。

過食していた時期は、一人でこっそり食べていました。なぜなら、みんなといると

「太っているくせに何食べているんだよ」「そんなに食べるから太るんだよ」と言われないまでも、心の中で思われているような気がしたからです。食べる事＝悪い事をしているような気分になりました。

現場では食欲が湧かないのに、家に帰って独りになった途端《とたん》、すごく何か口に入れたくなる。

＊

一度、高校二年生の時に十日で４kgほど痩せたことがありましたが、筋肉をつけない短期間の減量というのがよくなかったのでしょう。しばらくすると体型は元に戻りました。

無理なダイエットを繰り返すと痩せにくくなるのですよね。食べないダイエットは体重が落ちるのも早いけれど、元に戻るのも早い。それを繰り返す生活をしばらく送っていました。

ところが、高二のいっとき、何が起こったか。選抜メンバーになったのです。

1stから6thまでを振り返って

15歳の夏から最初の二年間、アンダーメンバーとして活動しました。ネガティブなエピソードが先行してしまいましたが、「辛い！　辞《や》める！」とはなっていませんでした。

単純に、アイドルって楽しい仕事だなと思っていました。

楽曲が用意されていて、ステージが用意されていて、歌って踊る日常が私には贅沢《ぜいたく》なことでした。ステージの大きさとか、ポジションとか、そんな細かいことは抜きにしてステージに立つことが楽しかったのです。

握手会も楽しんでやっていました。ファンの方が一人も並んでいない沈黙の時間がしばらく流れると、それは当然寂しかったですが、その分来てくださった一人一人とじっくり会話ができる。だんだんと会いに来てくださる方が増えて、握手できる時間が増えていくのを実感できるのも良かったんだろうな。「アイドルってだけでちやほやされる」なんてことはない。努力なくして勝手にファンがつくなんてことはないのだと。難しい職業だということを知りました。

どうやったらもっと人気が出るか。ブログのコメントが増えるか。ビジュアル改善の努力こそできませんでしたが、長くアンダー期間を経験したことで、仕事に対して誠実に向き合う姿勢を築く時間を過ごせたと思います。

そして居心地《いごこち》が良かった。メンバーと会えるのがいつも楽しみで、楽屋でお喋りするのが楽しくて、同じ目標に向かって切磋《せっさ》琢磨《たくま》しているのが心地いいヒリヒリ感。この仲間たちとしか共有できない感情があって、特殊な環境に翻弄《ほんろう》されながらもたくましく成長していく誇らしい仲間たち。私もその組織の一員であるなんて恵まれているな、と感じる日々でした。

グループを辞めるということは一つの意思表示です。相当な覚悟や、辞めたい何らかの理由が浮かばないと辞められません。それなりにリスクを負ってこの世界に入ったのです。何の爪痕《つめあと》も残さないまま広島へは帰れない。そんな思いもありました。

乃木坂の活動をしている時、ベースにあった感情はいつも「楽しさ」「ワクワク」そんな感じでした。

*

【2013年（17歳）】

7thシングル「バレッタ」選抜入り

それはあまりに突然でした。初選抜は確かに嬉しかったのですが、前回のシングルで特別爪痕を残したわけでもなかったので、評価されたというよりは〝チャンスを頂《いただ》いた〟と解釈しています。

「えっ？　ちょっと待って、準備不足です……」情《なさ》けないですが、これが本音でした。

これまで6回、シングル発売が決まるたびに選抜発表がありました。暫定選抜メンバー発表も含めるともっと多い回数、選抜発表に参加し、その度に落ち続けてきました。

最初の頃こそ、自分の存在自体が否定されたような感覚を覚え、悔《くや》しさで涙が止まらない……となっていたのですが、人間何度も同じことを経験すると耐性がついてくるものです。悔しいという感情がどんどん薄まっていっていました。

それに、活動する中ですっかり自信もなくしていました。次もまた落ちる。わかりきったことだと思い油断していたのです。

選抜発表は、毎回番組の中で行われます。いつもはアットホームな雰囲気の収録現場も、この時ばかりは緊張感があります。

選ばれた子は、バナナマンさんに名前を呼ばれて前に出て、今の気持ちや意気込み、ファンの皆さんへの感謝を語ったりします。私は選ばれない者としてメンバー一人一人に拍手を送りながら、いつも思っていることがありました。

何でもっと喜ぶ素振《そぶ》りを見せないのだろう。やったー！　とか言えばいいのに。

みんな神妙な面持ちで、時には泣きながら、「どうして自分なんかが」と口を揃《そろ》えて言っていました。いやいや、そのポジションにふさわしいから選ばれたんじゃん。むしろガッツポーズをして「やったー！　嬉しい！　頑張ります！」と溌剌《はつらつ》と言ってくれた方が見ていて気持ち良いのに。そう思っていました。

いざ名前を呼ばれて、コメントを求められてみてわかりました。

スタジオの中央にバナナマンさんがいて、上手《かみて》に選ばれた子たちが並んでいて、下《しも》手《て》にまだ名前を呼ばれていないメンバーがいる。下手にいるメンバーのうち、約半数はそのまま選ばれることなく収録が終わるのです。

その子たちの目の前でガッツポーズなんて……とてもできない。

だってみんな頑張っているんだもん。

この時の私は喜ぶ資格なんてないし手応えもなかったけれど、すごく努力して、実力があって選ばれた子たちでさえ、喜びと同じくらいの大きさで湧いてくる何らかの感情があるのだなということを学びました。

＊

「とりあえず痩せなきゃ」。それが驚くほどすんなり痩せました。

学校に酵素ドリンクと玄米ご飯を持っていきました。毎晩体重計に乗るのが楽しくなりました。

そして、活動する中で知ってしまいました。褒められるために生きている私にとって、選抜メンバーというポジションはなんて危険な場所なのだと。この数ヶ月間で一生分の快楽を味わった。誇張でもなんでもなく、心から満たされていきました。

歌番組に呼ばれるようになり、冠番組の収録にも毎回参加させてもらえて、ソロでのグラビア撮影もはじめて経験しました。痩せたからか、グラビアの評判は良かったです。ビジュアルを褒められることの嬉しさを知りました。


誰かの代打でなく、私を、ひめたんを必要としてくれる。これまではアンダーしか経験がなかったので、選抜とアンダーでどう違うかが片方の視点からしかわかりませんでした。漠然と「上と下=選抜とアンダー」の構造に対して、それなら上の集団に所属したいという負けず嫌い精神で活動していました。

選抜メンバーになれば、表題曲に参加できる。ファンや身内が喜んでくれる。乃木坂の冠番組は放送していない地域があり、広島もオンエアがない地域の一つでした。全国区の歌番組に出たことで、地元の友人からも嬉しい連絡がありました。

この年の冬、初めて家族をライブに招待したのを覚えています。私、こんなことしてるよ！　というのをやっと見てもらいたくなった。選抜の方がライブでも出番が多いので、胸を張って頑張ってるよと言えるような気がしました。後ろの方で踊っている姿を家族に見せるのは何となく私のプライドが許さなくて。

選抜として活動するようになって、毎日がこれまで以上にキラキラして見えました。目に見えて生き生きしていたと思います。ビジュアルのコンディションが良い自分のことが、この時だけは少し好きでいられました。単純に身体が軽いし、服を着た感じも変わるものです。選抜メンバーというのは私にとって、どんな甘いお菓子よりも中毒性のある危険な場所でした。世界が変わったような錯覚さえ覚えました。

学業との両立

仕事と学校。スケジュールのバッティングは度々ありました。

体育祭にキャリーバッグを持って行き、その足で新幹線に乗り東北入り。翌日、凍《こご》えながら初冬の滝に打たれたのは良い思い出です。学校に車が迎《むか》えに来てくれて、期末テストが終わり次第グランドプリンスホテル新高輪へ向かい、ＦＮＳ歌謡祭の生放送に出演した際は、同じ高校の先輩らしき人から「うちの高校の乃木坂の子、生放送出てるけどテスト大丈夫なのかよ」とツイートされてしまいました。

修学旅行と武道館のライブが重なった時は大変でした。「ライブに専念したいので修学旅行には行きません」と言うと、担任の先生は「修学旅行に参加しないと単位を与えられない」とアンサー。

話し合いを重ねた結果、途中で母が迎えに来て娘を引き取るという条件で、修学旅行を離脱することを特別に許してもらえることになり、長崎まで母に来てもらいました。最終日のハウステンボスにはちょっと行ってみたかった……。

一泊二日修学旅行をして、翌日武道館本番。今考えると、そんなことが可能なのかと驚きます。当時は端《はな》から高校生活を満喫《まんきつ》しようなんて思っていませんでした。気持ちの比重は、乃木坂8対高校2くらい。高校生活の方を楽しみたいと思っていたならおそらく武道館は休んだでしょうし、学業に理解のある運営さんなので相談にも乗ってくれたはずです。
特に7thで活動が楽しくなって以降、私の意思で乃木坂に重きをおいていました。制服で現場入りしては、寝不足でグッタリした顔で、早く高校卒業したいとずっと言っていました。

中学生までまともに勉強して生きてきた私は、高校生になっても途中まで勉強の道は捨て切れませんでした。グループでのポジションが冴《さ》えなかったというのもあり、辞めても人生コケないよう大学進学の可能性を残しておきたかった。しかし、学校と活動の両立は簡単ではありませんでした。高校生活を一言で表すと「常に眠かった」。これに尽《つ》きます。

7thシングル期間、選抜メンバーだったのがちょうど高二の夏の終わりから秋にかけて。同級生は進学に向けて準備し出す時期です。進学しない人はいない学校でした。周りがどこの大学に行こうかと考えている中で私が迷わず決断したのは「大学にはいかない、乃木坂の活動に専念する」。

在籍して二年、やっと仕事の楽しさに目覚めたところでした。もしも選抜未経験で、将来に不安を感じていたら、大学進学を真面目《まじめ》に考えたことでしょう。

アイドルは何年も続けていけないということはわかっていたし、保険程度の気持ちでも大学に行っておいた方が、堅実な人生像から大きくは外れない。それでも、今は乃木坂だけやっていたいと思いました。当時の私は大学進学をする必要性を感じなかったのです。

アンダーライブ

夢のような時間はいつまでも続くわけではありません。８ｔｈシングル「気づいたら片想い」では再びアンダーメンバーになりました。

悔しい気持ちと、「ですよね」という気持ちと。選抜メンバーになってみてわかったのは、各々が与えられた役割を理解して、自分のためだけでなくグループのために動いているような子が多かったことです。その中で私は＋αになることは何もできなかった。当然の結果でした。

このポジションで居続けるにはどうすれば良いのか。その手立てが最後まで見つけられないまま、与えられた仕事を一生懸命することしか私にはできませんでした。

選抜メンバーとしての仕事をする時のあの高揚感《こうようかん》は忘れられない。できることならもう一度選抜に選ばれるに値するメンバーになりたい。でも、自分の武器なんてわからない……。一回目はラッキー選抜でしたが、次は実力で獲りに行かないといけない。自分含め誰もが納得する形で戻ってこられたらいいな。次、いつになるかな。

さて、8thは乃木坂にとって大きな動きのあったシングルでした。「アンダーライブ」を行うことになったのです。

全体のライブはどうしても選抜メンバーがメインとなって構成されます。MCで喋る機会は多くないし、ユニットコーナーは出演できないし。ライブの半分は袖《そで》にいる公演もありました。乃木坂のライブとはそういうものだという感覚でした。
しかしアンダーライブは、アンダーメンバーが主役です。自分たちだけを見に来てくれたファンの前で、自分たちの持ち歌であるアンダー曲が中心のセットリストを披露します。頑張る場所を与えられた。アンダー＝選抜の控《ひか》えでなく、私たちだけの場所を。

初のアンダーライブステージは、みんな苦い思いをしました。会場が全然埋まっていなかった。MCをする機会がこれまでなかったので、トークをうまく回せなかった。選抜メンバーのいない「乃木坂46アンダーメンバー」が持つ実力が浮き彫《ぼ》りになりました。厳しい現実を突きつけられました。
確かに同じ景色を私もステージ上から見た。しかし当事者意識が浮かんできませんでした。悔しくて涙を流すメンバーを慰《なぐさ》めるようなキャラでもなく、ただただ遠目から落胆しているみんなを見ているだけ。

「選抜に選ばれなくて悔しい」という思いがこのライブに熱を持たせていたというの

に、この時の私は悔しいと思う気持ちすらなかった。アンダーの中でさえ、いてもいなくても変わらない存在でした。

「選抜に選ばれるために努力しよう」ではなく、「また選抜になりたいな、でも私なんて到底無理」と思わざるを得なかったのです。少しの希望も見えないと、無理を覆《くつがえ》す気力なんて湧かない。そういうものです。

大丈夫。今はこんなに冷《さ》めている私ですが、のちに選抜に入りたくて入りたくて仕方がなくなる時がちゃんと来ます。もうちょっと先の話ですが。

アンダーライブの評判は広がり、やがて十数公演ソールドアウトできるライブにまで成長しました。当時のアンダーライブの特徴の一つは、全体のライブとは違ったキャパシティーでの公演。ライブハウスがメインで、1000人前後の会場で2時間半出ずっぱり。数回着替えたり企画コーナーがある時間以外はずっと、汗を流して歌ったり踊ったりしていました。アンダーメンバーとしてライブにかける思いが強くなるあまり、変にプライドを持つようになって尖《とが》っていた時期がありました。

*

アンダーセンターに

【2014年（18歳）】

ここまで続いていた摂食障害。過食をやめられたきっかけは、大事なポジションを任されたことでした。

アンダー三列目・二列目で気持ちが荒《すさ》んでいて、すっかり卑屈になっていました。口を開けば自虐《じぎゃく》を言っていたような気がします。一緒にいてイライラする子も中にはいたかもしれません。しかし当時は、落ち込みを自虐に変えて笑っていないと耐えられない心境だったのだと思います。

9th、10thシングルの選抜発表は、どうせ私なんて選ばれないし関係ないから、と投げやりな気持ちで収録に臨んでいました。お涙頂戴的なシチュエーションになればなるほど冷めてしまって泣けない性格なので、早く終わらないかな、次はブログでどんな謝罪を綴《つづ》ろうかと考えたりしていました。

ある時、転機が訪れます。11ｔｈシングル「命は美しい」の選抜発表の後でした。

今までアンダーメンバーを高みに引き上げてくれたメンバーがみんな選抜になってしまいました。隙がない11ｔｈ選抜の布陣を見て、（これから誰がアンダーを引っ張るのだろうか。ポジションにとらわれず、どこにいようと私がしっかりしなければ、地盤が揺らいでしまうのでは……）と、はじめて客観的な焦《あせ》りを感じました。

自分の中で、もう一度ちゃんと乃木坂と向き合おう。

そんなタイミングで11ｔｈシングルのアンダーセンターを任されました。

その時からパッタリ過食はなくなりました。

15歳から18歳まで過食に苦しみました。鏡を見ることが嫌で、自分の容姿《ようし》も中身も嫌で、でも変わりたいのに変われなかった。大人になった今、当時の私に言葉をかけるとすれば「一人で闘って苦しかったね。もっと周りに甘えることができればそんな辛い思いをすることはなかったのだろうけれど、それができないのが貴女《あなた》なんだよね。自分を守るためにそうするしかなかった。仕方なかったよ」。そう言ってあげたいです。

ここから一気にモチベーションが上がります。仕事に対して真《ま》っ直《す》ぐになりました。頭の中は仕事が10割。

アンダーセンターに任命された時から、これまで以上に思ったことを口にしなくなりました。

それまで後ろから見ていて、センターの人間は強く在《あ》って欲しいと思っていたからです。孤高の存在。私の憧《あこが》れたセンター像でした。

アンダーセンター。ただの勘《かん》ですが、言われる前から覚悟はできていました。

今になってみると、なぜこんなにも腹を括《くく》っていたのか不思議です。喜びでも重責でもなく、冷静に受け止めた。そして、11thをどんなスタンスで行こうかなと考えていました。

11th制作は真冬に行われたのですが、まず「MV（Music Video）撮影で寒いって言わない」と自分の中で強く誓《ちか》いました。いやあ、2月の長野の河原は寒いですよ。でも「今日ここにいる人たちの中で一番頑張らなきゃいけない」なんて勝手に気負《きお》ったりしていました。

この時からかな、「大丈夫」を多用するようになった気がします。心配して声かけをしても、「大丈夫だよ」と言われた側はそれ以上介入できないですよね。無意識にバリアを一つ張っていたようです。

*

アドレナリン全開

【2015年（19歳）】

乃木坂46の知名度が上がった証拠と言えるでしょう。アンダーメンバーにも個人の仕事が任されるようになってきました。ラジオ番組、舞台、ティーン誌のモデル。各々が外部にホームを持ち、「乃木坂46の○○です」と言うことで乃木坂の名を世に広める。そこでの頑張りをグループに持ち帰る。そんな形が出来てきました。

アンダーメンバーの中には、いろいろな考えを持った人がいました。

「適材適所。ポジション関係なく、私は私の場所で輝けるよう頑張る」ライブのMCやブログで、こんな文言をよく見ました。それぞれの考えがあって良いのです。どれも尊重するべきです。そんな前置きをした上で、私の考えはこうでした。

「私たちアンダーメンバーが上を目指すことを諦めたら、この組織は成長が止まるのではないか」、そして個人的に「在籍しているからにはやっぱり上のポジションに立ちたい、選抜を目指したい」。

ファンの間でも「アンダーという響きがふさわしくない。別の名称はないのか」という意見が囁《ささや》かれていたようです。ありがたいお言葉です。

それに対して私の意見は「いいえ、選抜の〝下〟なことに意味があると思うのです」。ネガティブな発言をしたいのではなく、前向きな意味で。下であることを認めないとバネにならない。こういった思考が徐々《じょじょ》に自分の首を絞《し》めて行きました。あくまで個人的な意見ですよ。今ならわかります。グループに在籍する意味は選抜に入ることだけではないんですよね。

アンダー曲のセンターポジションとラジオ番組のレギュラーという、大切なものを二つほぼ同時期に任されました。それまで組織の一員でしかなかった平凡な人が、いきなり〝個〟を求められるようになったのです。

アンダーメンバーの冠番組がはじまっていました。アンダーライブも引き続きありました。グラビア雑誌で初めて表紙をやらせていただいたりもしました。

最近になって当時のスケジュール帳を見返してみました。休みが一日もない月があって、忙しく過ごしていた19歳の自分に感心しました。

歌番組やゴールデン帯のバラエティ・ドラマには選抜メンバーが多く呼ばれるので、一般的な知名度こそ選抜には敵《かな》わないものの、ライブの声援・握手やグッズの売り上げは、アンダーメンバーも負けず劣らず競《きそ》っていました。

いくつかの評価基準のうち、私はアンダーメンバーでありながら選抜メンバーと張り合える指標もあった、と感じていました。

これが結果的に自分自身を苦しめることとなったのでしょう。


19歳はこのような一年でした。

11ｔｈ「命は美しい」アンダーセンター
12ｔｈ「太陽ノック」アンダーセンター横

13ｔｈ「今、話したい誰かがいる」アンダーWセンター
14ｔｈ「ハルジオンが咲く頃」アンダーセンター

この一年ちょっとは、常にアンダーメンバーの中心にいました。

アンダーセンターとは「選抜に一番近いポジション」だと単純に思っていました。日々選抜への希望を持ちながらも、結局は選ばれず、選抜発表のたびにメンタルがへし折られる。そんな一年間でした。

「あとちょっと頑張れ」「次は絶対選抜だよ」そんな期待の言葉を浴びるようにかけてもらいましたし、私自身も途中まではそう信じて疑いませんでした。

先ほどの一年間にタイトルをつけるとこのような感じになります。

11ｔｈ「私が一番頑張らなきゃ。ネガティブなことは言わない、センターとして強く在るぞ」
12ｔｈ「センターや周りのみんなをフォローするぞ。多分次は選抜だぞ」

13ｔｈ「選抜なんてクソくらえ。アンダーだって力持っているんだぞ」

14ｔｈ「あ〜もう何したって無理じゃん。もう上見るの疲れた。期待しないで」

当時、定説がありました。「アンダーのセンターを務めた者は、次のシングルでセンター横を経験し、その次のシングルで選抜される」というもの。センターの二作後に選抜入り、というイメージです。

13ｔｈ、一番期待をしていたのです。なんなら選抜入りするものだと思っていました。選抜発表の直前、何年もの間シンボルにしていたツインテールをやめてイメチェンを図りました。準備万端。期待値ＭＡＸ。満を持《じ》して選抜入り。……だと思っていたのですが、またしても選抜入りは叶いませんでした。選ばれなかったことのダメージは大きかったのですが、反骨精神から13ｔｈシングルが一番、乃木坂に対して熱を持って活動していたように思います。

この頃の持論は「インフルエンザ以外は仕事を休む理由にならない。骨折だってタクシーに乗って現場に来ることはできる」。

私は運よく、朝に強い体質だったり、忙しいことが快であるというだけ。皆それぞれに事情があっただろうと今は思うのですが、当時はそんな思いやりなど持ち合わせておらず。

全体のライブリハなどで選抜メンバーが仕事以外の理由で休むと、「私なら休まないのに」と心の中でぶつくさ文句を言っていました。選抜とアンダー、同じグループです。みんなで協力するべきなのです。選抜の子は何も悪くないにもかかわらず、アンダーメンバーに寄り添ってくれようとしていました。

私は、個々のことは本当に好きでした。誰も悪くない。ただ悔しかった。

選抜も、スタッフさんも、ファンの皆さんも、よく言ってくれていた言葉がありました。バナナマンのお二人も選抜発表の度に言ってくださっていました。「選抜・アンダー関係ない。みんなで乃木坂46だ」

そしてアンダーメンバーも、このグループの一員であることに誇りを持っていました。

そんな中で私は、〝私だけは〟だったかもしれません。自分のことしか考えていない私は、こんなふうに思っていました。

「そうは言っても、結局選抜に居なければ意味がない」

「同じ立場に立ってみないとこの気持ちはわからない。簡単に言ってくれるな」と。

自暴自棄《じぼうじき》

14th、またしても選抜に入れませんでした。目の前が真っ暗になりました。

選抜発表の収録で、顔が作れませんでした。エンディングではアンダーメンバーの顔もカメラで抜かれているということを、頭ではわかっていました。悔しさの中にも希望を持ち合わせた顔、このシングルはアンダーメンバーとして頑張るぞという顔、選ばれたみんなおめでとうの顔、いくつか正解があると思います。ましてひめたんです。ひめたんは素の部分を売りにしている子ではないです。しかしこの収録のエンディングでの絵面《えづら》は酷《ひど》かった。正解の顔ができなかった。あんなの本当に初めてだったな。あえて説明するなら「全ての表情筋が麻痺した」感じかなあ。

辛かった事柄に関する記憶がごっそり抜け落ちることがあるようです。旧友と集まって「あの時大変だったよね」の話になると「そんなことあった？」と、私だけ憶《おぼ》えていないことがよくあります。だから、楽しい話や「今何してるの？」の話の方が好きなのかもしれません。

もともと、人間は辛い記憶は比較的忘れやすい構造になっているようです。それが私は人一倍強いような気がします。

ですがこれを書くにあたって思い出しておきたいと、当時をよく憶えているメンバーに連絡して聞いてみました。

『言い方酷くなるけど、簡単に言うと、大泣きして激怒してたよ』

だそうです。お、憶えてない！　そんな私を彼女は追いかけてくれて、そばにいてくれて。
5分ほどして楽屋に帰ってくるメンバーたちの気配に気づき、私はみんなの前では平気なフリをしていたそうです。それが見ていて辛かった、と彼女は言っていました。ひめはいつもそうだったよ！　とのこと。随分《ずいぶん》と心配をかけてしまったね。

こんな気持ちになるのは、努力してきた自信があったからなのかな。8ｔｈのアンダーライブで会場を埋められなかったことに対して悔しいと思えなかったあの頃と比べて、随分と乃木坂に傾倒していました。

握手会はＭＡＸの部数を与えられて完売させました。11ｔｈから13ｔｈまで、アンダーのフロントを任されてからは、顔のコンディションをキープしていたつもりです。グラビアに関してもファンや周りの人たちから評判がよかったので、少し、いや正直まあまあ自信を持っていました。ライブも番組収録も、仕事で手を抜いたことはありませんでした。

つまり、私にできることをすべてやった上で、選抜に入れなかったのです。これ以上何をしろというのでしょう。大掛かりな整形をして別人になるか、言葉の通り生まれ変わるかしないと、もう無理なのでしょうか。

選抜発表から数日後、スタッフさんがふたりでご飯に行く機会を設けてくれました。グループ発足当初から私たちを導いてくれた、お父さんのような方です。

会社に行く機会があり、たまたま鉢合《はちあ》わせたら「ひめたんもうお昼食べた？　まだなら一緒にランチしようよ」といった感じで、会社の近くの、もうなくなってしまったイタリアンのお店だったと思います。

何でもない話もしながら、やはりタイミング的には選抜発表を受けての話がメインになります。未だ結果を受け入れることができず、でもどうしたら良いかわからない。そんな私を心配してくださっていたようでした。おそらく選抜発表をする前から、結果を知ったらひめたんは絶望するだろうと気にかけてくださっていたのでしょう。

ひめたんは十分頑張った。その言葉は純粋《じゅんすい》に嬉しかったです。私のこと、ちゃんと見てくれていたんだ。その上で、一歩踏み込んだ話をしていただきました。

これまで活動してきて初めて、「選抜に入れなかった理由」「14ｔｈでひめたんが担《にな》う役割」を教えてもらいました。アンダーに〝選ばれる〟ことにも理由があると初めて知りました。

だからといって「そうでしたか。オッケーです！　引き続き頑張ります！」とは言えませんでした。私はアンダーに必要とされる存在になりたいのではない。結局は選抜に入れる絶対的な存在でなかった。それだけのことだと解釈するしかありませんでした。

握手会で、期待を込めて「次こそは絶対選抜だよ！」と言ってくれるファンに対して「もう期待しないで……」と言葉にして返していました。期待されることに疲れてしまったし、期待を裏切ってしまうのが辛かったのです。

誰かの期待に応えることで「自分はここにいていいんだ」という実感を得る生き方をしてきました。今の私は堂々と乃木坂のメンバーであると名乗ることができない。

まだ三期生以降が入ってきていない時。選抜発表も、一列目二列目のメンツはほぼ変わらなくなっていました。そうなった時に盛り上がるのが、新たに選抜に入る子は誰だろうということ。ひめたんもそれを期待されていた一人でした。

私は見世物かと。そんな自分が哀《あわ》れで、どこか滑稽《こっけい》で。もう諦めてしまえばいいのに。何をしたって望みがないのなら、そう言って欲しい。選抜から落ちるたびに、あなたはいらない子だよと言われているような気がしました。それでも諦めきれずに希望を抱いてしまうから、肩を叩かれない組織というのも残酷だと思いました。

乃木坂に懸けていた、というより捧《ささ》げていました。勝手に。エゴでしかないのですが、どんどん期待が大きくなり、その分ダメだった時の落ち込みも大きくなっていました。

わかりやすい人間なので、モチベーションが高い時はコンディションが良く、低い時はコンディションも悪い。14thでは、言葉を選ばずにいうと、また太りました。過食をそんなにした記憶はありませんが、憶えていないだけなのかな。ビジュアルに関しては投げやりになっていたと思います。いきなりソログラビアが入ると、過食をしていた時に身につけた「応急処置」をしました。すぐリバウンドするやつです。

醜《みにく》い姿だという自覚はある。好きでこうなったのではない。でも仕方ない、支えがないと頑張れないんだもん。私が私自身の可能性を諦めて、自分を磨《みが》くことを放棄しました。

もちろん仕事はちゃんとしました。遅刻はしないし、ライブのクオリティは高いものを目指して、センターであるという自覚を持って取り組みました。センターがしっかりしないと他のメンバーに失礼です。誠意を持って仕事を全《まっと》うしました。

でも、それだけ。目の前の仕事をただ一生懸命にやる。楽しめる余裕はありませんでした。

ひめたんはメンバーの中ではいじられるキャラクターで、バラエティ番組やライブのＭＣ・普段の会話でも、仕草や話し方などを真似されるような存在でした。それをありがたいと思っていたし、可愛がってもらえて嬉しいと感じていました。

ただ、太っている見た目や、何か失敗したことに触れるのはタブーな雰囲気を醸《かも》し出していた様子。装備、いわゆる〝アイドル〟をしている部分をつつく分には問題ないけれど、踏み込んではいけないラインがはっきり存在していました。みんなはそのラインをとてもよく理解してくれているようでした。つくづく面倒くさい奴です。

＊

【２０１６年（20歳）】

待ちに待った選抜入り

そんなどん底の中、15ｔｈで久しぶりに選抜メンバーに選ばれました。

ひめたんのファンだけではなく、他のメンバーを応援している人たちも、メンバーも、スタッフさんも、みんな喜んでくれました。７ｔｈシングルの時とは明らかに違う。高揚感、達成感を感じました。数ヶ月間手放していた乃木坂への熱がふつふつと湧いてくるのがわかりました。自分の役割や強みもやっと摑《つか》んだところでした。

自尊心ゼロの状態から、いきなり天国へ連れて来られたみたいな気分。

10代の二年半というのは、その後数十年の人生を左右すると言っても過言ではないくらい貴重なものなんですよ。

体重の増減が半年の間に14thでプラス6kgから15thでマイナス8kgというエキサイティングな日々を送っていました。8kg痩せると、どうやら膝《ひざ》の頭がはっきりするようです。

緊張する場面が増えました。歌番組や商品タイアップ・記者会見など、仕事の内容がガラッと変わり、一つ一つが新鮮でした。自分の名前が書かれた衣装があるとか。全員で整列するときに少し真ん中に近づいたとか。全体のライブでは、選抜になると立ち位置が前の方になります。これまで羨《うらや》ましいと指をくわえて見ていただけに、それらの変化には敏感でした。

ブログは更新するたびに、新しい仕事の告知ができるようになりました。ファンの方が喜んでくれている様子がコメント欄から伝わってきます。それを読むのもまた気持ちがいい。

選抜になってからはまるで違う世界を生きているような毎日。寝ても覚めても夢みたい。やることなすこと全てが楽しい。やはり人は評価されると嬉しいものです。評価されていると感じる瞬間は人によって違いますが、私にとってのそれは、選抜として活動して結果を残すことでした。

やっと努力が実を結んだ。2016年夏は今までで一番輝いていたように思います。常に進化し続けたいという思いは今でも持っていますが、やはりあの時期は格別でした。

乃木坂の活動というのは、飽き性な私がこれまでで一番打ち込めるもので、人生のすべてを懸けて頑張れるものでした。

「選抜三列目よりもアンダーセンターの方が美味しいのではないか」とファンから言われることもありました。

選抜三列目は、曲によってはMVでほとんど映らないこともあります。一方アンダーセンターなら、自分のセンター曲がもらえて、MVも自分が主役です。ひめたん個人を応援してくれている人の中には、その方が見ていて楽しいと感じる人もいたようでした。

アンダー曲の中では4曲センターを任せていただきました（11th、13th、14th、18th）。どれも思い入れが深くて、愛おしくてたまらない。我が子のように思っています。

では選抜三列目よりもアンダーセンターの方が良いかという質問は、私にとって愚《ぐ》問《もん》でした。特にアンダー一列目を任されて以降、選抜に入ることしか眼中《がんちゅう》にありませんでした。ありがたいとか頑張らなければとは思ったけれど、アンダーセンター美味しい！　なんて思ったことは一度もありませんでした。

表題曲のMVに1秒しか映らなくても、表題曲のMVに参加しているということに価値がありました。自分に自信がなかった私にとって、選抜メンバーという肩書きが私の存在を肯定《こうてい》してくれているように感じました。

目がギラギラしているとよく言われました。やっと用意されたこの椅子《いす》を、今度は手放すわけにはいかない。もうアンダーへは帰らない。そんな熱い思いで満たされていました。

立ち止まる

私に用意された席は、選抜三列目の一番端《はし》でした。選抜の景色がよく見えました。これが選抜か。そしてある日、気づいてしまいました。

「これ以上、前の席はもう空かない」

いつしか選抜に入ることに躍起《やっき》になっていました。選抜に入ってこんなことをしたいというのではなく、ただ選抜に入りたかった。

アンダーだった時は選抜を目指していて、悔しい気持ちを常に持ちながら、でも確かに日々の活動に充実感がありました。

アンダーメンバーの中心人物の一人に私はなっていました。

〝底上げ〟という言葉が使われていましたが、アンダーが盛り上がることで乃木坂全体がより盛り上がる。

今まで私に期待されてきた役割が、選抜発表を、乃木坂を盛り上げることだったとしたら。

「私の仕事は終わった」

選抜入りというゴールに向かって努力する日々。アンダーの中心人物として必要とされる日々。それらを失った私は、次にどこを目指せば良いかわからなくなってしまいました。

来る仕事を気軽に、純粋に楽しんでやっていれば、こんな気持ちにはならないのでしょうか。確かにライブもラジオも、握手会も相変わらず楽しんでいました。仕事自体楽しんでやっていたのは紛《まぎ》れもない事実です。ただ、それ以上にポジションに固執《こしゅう》するようになっていました。ずっと目指していた場所にたどり着けて満足しちゃった、そして「じゃあ次は何を原動力に頑張ろうか？」と問われるとパッと浮かばない。

乃木坂のメンバーになった当初は、なんとなく仕事をしていました。それが、少しずつ評価されるようになって、応援してくれる人が増えていって、夢中になってのめり込んで行きました。

やがて選抜圏内に入ってきた時。そこに全ての価値を見出《みいだ》そうとしていました。何でもかんでも全部「選抜になるために」とよく言っていました。

16ｔｈでも引き続き選抜入りしました。当然、私にとって嬉しいことのはずでした。握手券は完売。それなりに結果を残したと評価してもらえたのでしょうか。応援してくれている一部のファンからは、さらにもう一列前に行くことを期待され始めていました。

選抜としてのルーティンにも慣《な》れてきて、ラジオに歌番組、バラエティ番組に雑誌のインタビューなど、一日何件もの仕事をこなす日々を送っていました。安定して個人の仕事を任せてもらえるようにもなって、アンダーだった頃に比べてここ半年の精神状態は穏《おだ》やかだ、と思っていました。

二ヶ月後、体調不良を理由にアイドルを休業することになりました。

思考停止

きっかけはひょんなことでした。
ある日、プライベートで会った友人からこんな質問をされました。

「最近仕事どう?」

楽しいよ。そのひとことが言えませんでした。

順調だよ、楽しいよ、普通だよ。難しい質問でもなんでもなく、相手だって気軽に聞いたのだと思います。私は答えられなかった。人に会うときはいつも気を張っていたつもりだったのですが、隙をつかれたのでしょうか。

絶句してしまいました。知っている言葉の中で一番適切な言葉を探そうとしましたが、頭の中が完全にフリーズしてしまいました。

しばらくして、言葉の代わりに出てきたのは涙でした。

糸がプツンと切れたような感覚。

強い力で心をえぐられたのではなく、人差し指でちょんっと押されただけの力。

たったそれだけでヨロヨロと倒れてしまいました。

心身を擦《す》り減らしてここまで走り続けてきました。「あっ。これ、立ち止まってしまったらダメなやつだ」と自分が危ういことに気づいたタイミングがどこかでありました。

疲れたなら一時的に減速すればそれで済むのでしょうが、加減《かげん》がわからないのが私です。ほどよく手抜きをするなんて高等テクニックが使えないのだから、故障箇所《こしょうかしょ》を見なかったことにするほかありません。考えないように考えないようにしてきました。こうなることが怖かった。

ボロボロの自分を直視したが最後。再び走り出すことが今はできそうにありません。走ろうにもエンジンが全く動いてくれない感じ。その場ではとりあえず、気が済むまで泣いておきました。

早かれ遅かれこうなっていたでしょう。もっと状態が悪くなる前に気づくことができてよかったと思いたい。

夕方からライブのリハーサルがありました。この時がはじめてだったかもしれません。骨折でもインフルエンザでもなく、ただ現場へ行けませんでした。

操縦《そうじゅう》不能

翌朝、スーパーへ行きました。意識することなく外へ出ることができました。昨日は私の身に一体何が起きていたのだろう。元気なのに休むなんて、ズル休みをしてしまったな。今日は二日分覚えなければ、と出かける支度をしました。メイクをして、リハ着とエアマックスを荷物に入れて、出発時間になりました。

家から出られません。足がすくんでしまいます。なぜか涙が出てきて止まりません。

さっきまで元気だったのに。今日は行けるって思っていたのに。乗りたかった電車の時間が過ぎてしまいました。

遅れますと連絡を入れたまま、その日も最後までリハには行けませんでした。

以降、現場に行けなくなるか、行っても「心ここにあらず」のどちらかです。メンバーといるのは楽しい。特別体調が悪いわけではない。仕事もいつも通りなのでわからないことなどない。しかしなんとなく居心地が悪いと思ってしまう。一人になれる場所を探すようになりました。

そして、笑えなくなりました。口角《こうかく》に力が入らない。顔がこわばっているのがわかります。常に気を張っていないと、ちょっと油断すると、泣きそうです。まっすぐ前を見るのは、目に力を入れないとできないことでした。笑えない・喋れない・伏《ふ》し目がち。ご飯が美味しいかどうかもよくわかりません。

16th、今の私は選抜メンバーです。年末に差し掛かると、歌番組の特番に、クリスマスライブにと緊張する場面が続きます。NHK紅白歌合戦の出演も決まりました。昨年はアンダーメンバーとして、後列でちらっと映っただけでした。でも今年は自分の歌うパートがあります。一年前だったらどんなに喜んでいたことでしょう。

選抜メンバーとして年末を乗り切れる自信がありませんでした。歌番組の特番でたくさんのアーティストがスタジオの廊下に控えている中で、気分が悪くなってUターンしてそのまま帰宅したり。みんながいる楽屋で「ひとりになりたい！」と急に泣き出したり。

朝いちばんにテレビ局でリハをやって本番が夜、という番組の時は、一度家に帰ったり、待機場所の近くにあるホテルの部屋で一人になる時間を確保してもらうことが多くありました。

スタッフさんからは、初期の頃からずっと歌を評価していただいていました。レコーディングの時も「中元、頼むよ。今回の曲も任せたよ」みたいに言ってくださることがあって、それは私にとってとても嬉しいことでした。

新曲のレコーディングで少し早いテンポ、というか早口の楽曲がありました。音の数に比べて詞がギュッと詰まっている、という表現で合っているかな。

うまく舌が回らず、「中元、そこ言えてないよ〜」という指摘を受けて。

いつもなら「ごめんなさ〜い。もう一回やらせてくださ〜い！」となるところなのですが、この時は涙をこらえることができませんでした。

怒られているわけでも、責《せ》められているわけでもないのに。泣くところじゃない、泣くところじゃない。奥歯をグッと嚙《か》み締めて、わずかな力で抵抗してみます。

でもダメでした。静かに泣いてしまいました。レコーディングスタジオのマイクは性能が良いので、スタッフさんに生々《なまなま》しい泣き声を聞かせてしまいました。

他のメンバーもいたので、みんなが録《と》って帰ってから最後に録り直してもらいました。この時期の私は涙腺《るいせん》がバカになっていて、制御《せいぎょ》が利きませんでした。意思に反して、少しの衝撃ですぐに涙が出てしまう状態でした。


当時は関東・京都・名古屋で握手会を行っていたのですが、ひめたんが現場に出ないと、この日のために遠征してくれたファンの時間と交通費が無駄《むだ》になります。ひめたんに会いに来てくれているのです。これまでなら、よほどのことがない限り出ないなんてありえないと思っていました。

京都・名古屋の日はすでに新幹線のチケットもとってあるのですが、時間を遅らせて、マネージャーさんが私の家の近くでお茶しながら、遠征できる状態になるのを待ってくれていました。

　公式サイトでの発表もギリギリになってしまいます。私にだって、明日の握手会に参加できる状態かどうかは、明日になってみないとわからないからです。

「明日の仕事、大丈夫？」という確認が催促《さいそく》に聞こえました。大丈夫かどうかと聞かれても、大丈夫だった日はありません。携帯が鳴るのが怖くて、電源ごと切ったりもしていました。

　罪悪感と、情けなさ。なんでこんなことになってしまったのだろう。気の持ちようでなんとかなるものではありませんでした。握手会の会場に行けたとして、ファンの前に出ていけるとも限りません。会場に来て、救護室のベッドで休んで、そのまま帰宅する日もありました。


　とある京都の握手会の日。京都は、地形的に冬は気温がぐっと下がるのに加えて、その日は大雪に見舞《みま》われました。極寒《ごくかん》にもかかわらず会場に入りきらないほどのファンの人たちが足を運んでくださったようで、外での待機を余儀《よぎ》なくされたそうです。

　そんな話を聞くと出ないわけにはいきません。それでもしばらく動けませんでした。

やっとの思いでブースに立ちました。

長い待機列の先頭にいた女の子は目を潤《うる》ませていました。握った彼女の手はとても冷たかったです。こんなことを言ってくれました。

「ファンのために出てきてくれて本当にありがとう。ひめたんのそういうところが大好きです」

参ったな……。どう返すのが正解かわからないでたじろいでしまいました。

なぜこんなに待たせたんだ！　と叱責《しっせき》してくれた方がまだ、仕方がなかったのだと自分に言いきかせて吹っ切ることができたのに。その日、私を責める人は一人もいませんでした。

休業を決意

目の前の仕事をこなすのに必死だったので、生活をする上ですごくパワーを要しました。食べたいものは浮かばない。周りの顔色を窺うのにも疲れてしまう。表情に覇《は》気《き》がない。

いつもニコニコしていたひめたんが、ある日を境に塞《ふさ》ぎ込んだようになりました。どんどん人間味が無くなっていくのを感じました。メンバーはパーソナルスペースを大切にする子ばかりだったので、無理に事情を聞き出されるようなことはありませんでした。

一番辛かったのは、この世界に入るきっかけをくれたと言っても過言ではないライブでした。リハーサルにほとんど出られず、送られてくるリハ動画もまともに観られません。リハに参加しても全く頭に入ってこない。

小学一年生の頃からステージに立ち続けてきましたが、歌って踊ることが好きな私が初めて、ステージ上から早く降りたいと思いました。

武道館で一万人の前に立っても、集中できませんでした。

私は今、何をしているのだろう。

なぜここに立っているのだろう。

次の曲を忘れそうになる。次の立ち位置を忘れそうになる。とてもライブができる精神状態ではありませんでした。終演後の関係者挨拶にも出ていけませんでした。

人の目を気にする悪い癖が余計に自分を苦しめます。

誰だって時間ギリギリまで家で寝ていたいはずなのに、一人だけ遅れてくるのが許されてはいけない。みんなが不満を持ち始めてしまったらどうしよう。規則があるから締まるのに、例外を作ってはいけない。何よりも私が規則を守れない人間を許せません。

歌番組を急遽欠席した時、マネージャーさんは何も悪くないのに、テレビ局の人たちに対して頭を下げさせてしまいました。次から番組に呼ばれなくなったら私の責任だ。これ以上周りに迷惑をかけるわけにはいかない。

年が明けても仕事をこなせるとは考えられませんでした。

20歳、仕事は完全に追い風でした。選抜にやっと選ばれ続けている今が、これまで一番大事な時期であることはよくわかっていました。

すでに来年分の握手券も販売している。CMの契約も続いている。レギュラー番組もある。私なんかの都合で、いろいろな大人が動くことになる。メンバーにも迷惑をかけることになる。

やっとの思いで掴み取った選抜の席。戻ってきたらもうなくなっているだろう。身体をボロボロにして、進学の道を断って、友人と遊ぶことも諦めて、ようやく手に入れたポジション。何ものにも代えがたい宝物でした。

失うものの大きさはわかっていました。それでも、もう限界でした。

このまま活動は続けられない。一旦距離を置こう。

年が明けてから、17thシングル「インフルエンサー」期間を休業することになりました。この時は適応障害と診断されました。

＊

～便宜上《べんぎじょう》、適応障害の説明をざっくりと～

適応障害の特徴は、ストレス因がはっきりしていることです。そのストレス因に対してのみ、抑《よく》うつ気分や、不安などの症状が見られます。

仕事がストレス因である人は、仕事に行こうとすると足がすくむ。仕事のことを考えると気分が悪くなる。しかし仕事を離れると一変、もとの生活を送ることができると言われています。

ここにあまりフォーカスを当てたくないので、当時の診断名を出すかどうか迷いましたが、二つの考えが浮かんだ結果、書いてみることにしました。

まず、読み進める上で想像しやすいと思ったこと。診断名を伏せることもできるけれど、あった方がよりガイドラインに当てはめて読んでいただけるのかなと。

それから、適応障害は基準が曖昧《あいまい》なので診断されないことがあったり、周囲からの理解を得るのが難しいという性質があり、辛い思いをされている方がいらっしゃるのではないかということ。共感だったり、自分にも当てはまるかもしれないという気づきが、何らかのきっかけになるといいなと思います。

〝適応障害〟という字面《じづら》に少々パンチがあるので、聞き馴染《なじ》みのない方にとってはドキッと感じてしまうかもしれませんが、実際のところ適応障害は「健康な状態と、何らかの精神疾患《しっかん》が発症している状態の中間」というグレーゾーンな位置付けのようです。

適切な治療を受けることで心の健康を早期に取り戻すことができます。逆に適応障害を発症したまま然《しか》るべき対処をせずにストレスフルな生活を続けることで、抑うつ状態や諸症状が悪化し、うつ病などの診断名に変わります。

詳《くわ》しいことは調べてみてください、というとなんだか無責任な感じがしますが、専門書でなくエッセイということで、とりあえずこれだけ把握《はあく》していただければ十分です。

私が診断を受けた2016年の終わり頃は、適応障害に関する書籍がまだまだ少なく、本屋をハシゴしても、なかなか良い文献に出会えませんでした。しかし最近ではお医者さんなどが症状を解説している本がたくさん出版されています。

こうして文章を綴っている今は、すっかり良くなりました。だからこうして過去を振り返り、堂々とお話しすることができます。では話を戻します。

休業期間の過ごし方

休業前、雑誌の取材やブログなどで「必ず帰ってきます。ちょっとだけ休んで元気になってきます」なんて言いましたが、自信は全くありませんでした。「帰ってくるかは未定です」というよりもファンは安心するだろうし、帰らないかもしれませんというと、本当に帰れなくなると思ったからです。ひめたんは帰ってくると信じたい。自分自身に言い聞かせるように話していました。

このまま復帰しなかったら嘘つきになるのだろうか。しかしここでフェードアウトしても仕方がないと思えるほどに今は状態が悪い。しばらく休んで、乃木坂から離れたら少しは変わるだろうか。休んでいる間はスマホをほぼ触ることなく、外部からの情報をシャットダウンしました。

ストレスで働けなくなった人にかける言葉といえば「何も心配しないでゆっくり休んでおいで」になるのでしょうが、実際、何も心配しないでゆっくりするなんて難しいものです。

仕事を休んでいて何もしないと、自然と考え事をする時間が増えます。どうしてこんなことになってしまったのか。いくらか時間をさかのぼれば、今の状況は変わっていたのか。必要とされることに喜びを感じていた私は、たちまち喪失感《そうしつかん》でいっぱいになり、心穏やかな休業期間を過ごせそうにありませんでした。

20歳は感情の忙しい一年でした。一番幸せだと感じたし、一番満《み》たされていたし、一番泣いたように思います。

思い返してみれば、幼い頃から泣いたことが、あまりありませんでした。泣くなら人のいないところで、声を押し殺して。

この頃、愛犬モニカちゃんを家族に迎え入れました。私が一日何もしないでいても、彼女はお腹《なか》がすくし、寝息、というよりいびきをかいて寝る。少し獣《けもの》の匂《にお》いがします。生活にこれまでなかった五感が加わりました。

喧嘩《けんか》もしました。子犬に噛まれただけで、情けなくなって泣くような非力な飼い主。それでも愛おしい存在でした。いっぱい寝て、ご飯を食べて、歯がかゆいのかいろんなものを一生懸命噛んで。健気《けなげ》に生きる彼女の生命力を、知らぬ間に少し分けてもらっていたのかもしれません。

カウンセラーとの出会い

「一度カウンセラーさんとお話ししてみる？」

マネージャーさんに紹介していただき、久々に会社に行きました。これが心理カウンセラーという職業との出会いになりました。

彼女は臨床心理士の資格を持っていて、普段は病院に勤めていると聞きました。私よりも年上ではあるけれど若い方でした。カウンセラーというともっと年上のイメージがあったので、緊張しなかったのを覚えています。

*

五年前、15歳の時から仕事をしていて、同じくらいの時期から身体の不調が続いている。不眠にも悩んでいる。

姉と妹がいて中間子という立場で、常に比較の対象にされてしまうと感じている。二人とも才能があるのに対して、私はどれも中途半端で秀《ひい》でたものが何もない。友達がいないわけではないが、仕事のこともプライベートなことも両方理解を求めるのは立場上難しい。甘えたがりなのに甘え下手で、悩んだ時はいつも自分でなんとかしてきた。

仕事の仲間は尊敬できる人ばかり。自分はちょうどボーダーライン上にいて、いつ後ろに下がってもおかしくない。かといって前に出られる見込みもない。一人二人休んでも成立してしまう世界なので、そこまで必要とされていない気がする……。

*

話をすべて聞いた上で、彼女が最初に返した言葉はこうでした。

「あなたは秀でたものが何もないと言ったけれど、五年間も頑張り続けてきたことがすごいことだと思うよ。誰もができることじゃないんじゃないかな」

周りにいるメンバーがみんな同じように五年間頑張り続けているので、それは自分にとって当たり前なことでした。

衝撃でした。私の中の当たり前が、良い意味で覆った瞬間でした。


これまで他人の言葉で心を動かされたことはあまり多くありませんでした。励《はげ》ましの言葉や褒め言葉、悪い点を指摘された時もそう。耳は傾《かたむ》けるけれど心には響いていなくて、結局は自分の意思に従って行動したり発言したりしていました。気持ちは受け取っているし、ありがたいとは思っているのだけれど。

自分に自信がなく、すぐ人の顔色を窺うし周りの目を気にする癖があるのに、変に頑固《がんこ》でプライドが高い性格でした。

誰もができることではない、私にもそういうものがあったのかと。

気づいたら2時間ほど話していました。一人で抱えていたものがいつしか抱えきれなくなっていたようで、それを全部吐《は》き出しました。感情が溢《あふ》れ出して、涙も止まらなくなって、それでも伝えたくて、一生懸命話しました。涙をぬぐったティッシュが、机の上でちょっとした山を作っていました。

*

終わってみての感想は、「ものすごく疲れた」。ただ椅子に座って話をしただけなのに、疲労感がずっしりときました。

けれどすっきりしました。心地よい疲れです。天気のいい日に長距離を走ったら、きっとこんな疲れなのだと思います。

カウンセリングの中で印象的な言葉がありました。

身体があまり強くなく、これは生来《せいらい》のものでしたが、乃木坂に加入してから状態は年々悪くなっていました。体質だと言い聞かせて放置していましたが、高校を卒業する頃にやっと、悪化しているのは内科系でなく、ストレスからくる不調なのだと気がつきました。ちょっと気づくのが遅かったかもしれません。

「そうなんだ。今まで自分が泣けなかったから、代わりに身体が泣いてくれていたんだね。辛かったでしょう。頑張ったね」

自分をいたわる、という発想はこれまでありませんでした。そうやってずっと前から身体がサインを出してくれていたのだと、彼女の言葉で気づくことができました。心に強く刺さった言葉の一つです。

カウンセラーという職業に、そしてカウンセリングというものに魅力を感じました。それから心理職について色々と調べるようになりました。

卒業は遠い未来のことではないと思っていたし、この時すでに、戻ったとしても活動続行は不可能だろうとほぼ確信していました。

＊

復帰～卒業

【2017年（21歳）】

芸能という仕事を長くやっていこうとは思っていませんでした。芸能界に執着《しゅうちゃく》があったわけではなかったので、アイドルを卒業するとともに芸能界を引退する。これはもう決めていました。お芝居、バラエティ、グラビア撮影。「この仕事をずっとやっていきたい」というものに、芸能界では出会えなかったからです。アイドルは通過点ではなく、私にとってひとまずのゴールでした。あとは、もう静かに暮らしたいというのも大きかったかな。

1月頭に休んで、3月半ばには戻ったのかしら。「また頑張っていくぞ」よりも、「残っている仕事をこなすのと、さようならを言うため」の復帰でした。

あまり長く休むと、かえって戻れなくなるような気がしました。これ以上休んだところで快方《かいほう》に向かうとは思えないのに、期間を延ばすと期待させてしまうし、早い話が乃木坂から解放されたかった。

もしかしたら完全回復して続けられるかもしれないという考えも少しだけありましたが、まあ無理だろう、の気持ちが大きかったです。インタビューや誰かに聞かれた時は「これから気楽にやっていきます」と言いましたが、そりゃ「先は長くないです。辞めるつもりです」とは言えないでしょう。

休業している時、このまま辞めてしまいたいとさえ思いましたが、戻るって言ってたじゃん！　と、嘘つきになりたくはなかった。後味《あとあじ》の悪いお別れはしたくない。休んだ分の握手が保留になっているので、その人たちにちゃんとお会いするべきだ。仕事でも学校の課題でもなんでも、やるべきことを後回しにするのが嫌なんです。今は握手を後回しにしている状態。早くクリアにしたい。性格ですかね。とにかく早めに戻ることにしました。

戻ってみても、心ここに在らず感は変わりませんでした。

ライブのリハーサル。休んでいた分のフリ入れをマンツーマンでやってもらったのですが全く入ってこなくて、30分経ってもサビが全部覚えられません。これまでなら、私は比較的覚えるのが早くて、45分もあれば一曲フルで踊れるようになっていました。自分の無能感、先生を付き合わせてしまっている申し訳なさ、踊ること自体の辛さで、すぐに頭がいっぱいになりました。この時も涙をセーブすることができなくなってしまい、結局少しも踊れないまま、フリ入れは中断せざるをえない状況になりました。

神宮球場で毎年夏の終わりにライブを行っていました。このライブのために、メンバー全員で踊る新しい楽曲の振り付けを、個別でレッスンしていただいたのですが、結局覚えられなかった。最近加入したばかりでダンス経験のない三期生だって泣きながら頑張って覚えたというのに。その楽曲は私だけ不参加にしてもらいました。

これまで、できない子の気持ちがわからなかったし、わかろうともしませんでした。ドキュメンタリー映像には「失敗」「挫折」といった陰の要素もあった方が、より成功をきらびやかに演出できます。アイドルにとっては親近感を感じてもらえる一面でもあります。

それでも、私はそんなことで涙を誘《さそ》ったりしたくない。できて当たり前。できないのは努力が足りない、ただそれだけのこと。

「できない」ことが一番嫌いでした。仕事に行けない。行っても笑えない。前を向けない。話を振られても気の利いた返しができない。プライドが高いので、自分の出来なさを痛感する瞬間が何より屈辱《くつじょく》でした。

神宮本番は、リハにほとんど参加できていなかったので、間違えないかどうか、パニックでフリーズしないかといった心配の方が大きかった。最後まで振り付けが曖昧なままライブに臨んだのは初めてで、これまでの自分からするとありえないことでした。

3月に復帰してからその年の12月まで、九ヶ月仕事をしていました。

マネージャーさんと、この仕事は頑張ろう、夏のツアーはお休みしよう、そういった相談を繰り返ししました。当日になって「やっぱりできない」とか、みんながやることを「私はできない」とか、たくさんワガママを言いました。スタッフさんはできるだけ私がやりやすいよう臨機応変《りんきおうへん》に対応してくださいました。こんなに甘えたのは人生ではじめてでした。

次の18ｔｈシングル「逃げ水」ではアンダーのＷセンターを任されました。これが最後の参加シングルとなりました。

東京ドーム

この年、念願だった東京ドームでのライブを開催することになりました。

少し前には考えられなかった〝凄《すご》いこと〟がたくさん実現していきました。その中で、みんなの目標の一つに東京ドームでのライブがありました。

初の東京ドームのセットリストは、「ザ・乃木坂」な感じがしました。ファンの皆さんが好きな曲や、ファン歴が浅い人も楽しめる王道なセットリストという印象。〝乃木坂46とはこれです！〟というようなライブ。これまでの集大成《しゅうたいせい》と言えたでしょう。その中に「アンダーライブコーナー」なる時間を設けることになりました。ここだけ少しニッチな雰囲気。新規の方には聞き馴染みのない楽曲もあったと思います。アンダーライブは8ｔｈシングルの時に始まった小さなコンテンツでした。それが13ｔｈシングルで武道館に出るまでに成長しました。アンダーライブの存在を無しにして乃木坂46は語れません。

「歴代のアンダーライブでセンターを務めた子たちがバトンを受け継ぐのを見たい。ひめたんがドームで、センターで歌う姿を見たいよ」

乃木坂のお父さんがそんなふうに言ってくれたんです。こんなに嬉しい言葉はないですよ。

仕事を休むようになって、ステージに立つ自信をすっかりなくしていました。

でも、最後にもう一度ステージに立てる。頑張らないわけにはいきません。

今の私は万能ではありませんが、アンダーライブコーナーに花を添えることができる。最後に一つ意味のある役割を任せていただきました。

「君は僕と会わない方がよかったのかな」を歌いました。11ｔｈアンダー曲。私が初めてセンターを務めた曲です。

ひめたんのサイリウムカラーであるピンク色が、ドーム一面に広がっていました。

私のことをさほど知らない方も、空気を読んでそうしてくれたのはわかっています。

それでも。


少し自惚《うぬぼ》れていいのかな。

ひめたんは、愛されていたのだな、と思いました。


在籍中は、たくさんの応援に対して、目に見える結果で応えることができなくて。

情けなくて、出来の悪い自分がどんどん嫌いになって。この六年間で、自分の見た目も中身も、全部嫌いになってしまいました。

ひめたんを応援するには体力がものすごく必要だっただろうし、実際、いつまでたっても結果を出さないから、応援していても面白くなくて離れていった方もいました。それは仕方のないことだし、私がファンの立場なら、そんなに誰かを応援し続けることって多分できない。

東京ドームで一面のピンク。

あれはひめたんの、中元日芽香の存在を肯定してくれているものだったのだと受け取っても良いのでしょうか。今まで見たライブの景色の中で一番綺麗《きれい》でした。六年間の努力が報《むく》われた瞬間でした。

3時間ほどのライブで、私が参加できたのは一日目4曲、二日目はダブルアンコールをいれて5曲。これが精一杯でした。ステージに立ったのは、時間にすると15〜20分間くらい。

それでも、ライブが終わった後はすごくホッとしました。全然踊ってないのにやりきった感で満たされていました。二日間のライブを終えたことに対する安堵《あんど》というより、それまでの活動すべてをやり終えた感慨《かんがい》に浸りました。

7歳・小学一年生の時、公民館のステージで披露した「ひょっこりひょうたん島」から始まった大好きなダンス。十四年間踊り続けたラストステージが、こんなに素敵なものになるなんて。人生、何が起こるかわからないですね。

握手会でハッとさせられた会話

ライブの最後、捌《は》ける直前、マイクに乗らない、素の声でこう言いました。

「またね」

他にも、いろんな現場でこの時期よく口にしていました。

これは、ちょっとしたきっかけから意識して使うようになった言葉です。

この「またね」は、私らしくない一言だなと思います。

ひめたんは卒業したら戻ってくることはないのだから、「さようなら」と言わせて欲しい。そう思っていました。

最後の方の握手会はさようならを言うためにやっていました。もし芸能界に復帰することがあるなら……とか。街で見かけたら……とか。そんな皆さんの希望をズバズバと斬《き》って斬って斬り捨てまくっていました。

そんな握手会の最中、一人のファンの方からこんなことを言われたのです。

「さようならと言われるのは悲しいから、またねと言ってほしい」

さようならは、私の「もう追いかけないで」という一方的な思いでした。ファンを突き放したいのではないです。アイドルのひめたんに、私はもう会いたくなかった。

疲れてしまった。でもそれってすごく自分勝手な考えで。

今握手をしているこの瞬間だって、ライブのステージに立っている瞬間だって、そこにいるのはひめたんです。ひめたんならどんなふうに振る舞うかな。ファンはひめたんに、どんな言動を求めるだろう。

言葉のチョイス一つで幸せを感じる人が増えるのであれば、よりたくさんの人が幸せになる選択をするのがアイドルだと思ったし、私の頑《かたく》なな態度は稚拙《ちせつ》だったなと反省もしました。

思い出の中で「彼女が最後に残した言葉」はきっと綺麗なものであってほしい。そこに中元日芽香の私情は要《い》らない。それよりも最後までアイドルを全うすべきだ。だからひめたんはこう言うようになりました。またどこかで。

握手会で印象に残った言葉はもうひとつあります。

「かわいいね」「ライブかっこよかった」など、褒められるのがとても苦手でした。

「いやいや、そんなことない」という返しをいつもしていました。謙遜《けんそん》を通り越して、相手を否定するかのような口ぶりでした。自分に自信がなく、本当に心からそんなことないと思ったから。

すると「否定するのではなく、ありがとうと言ってほしい」と言われました。

なるほど。せっかく褒めてくれているのだから、相手の言葉を一旦受け入れてみよう。そして素直に感謝してみよう。その上で、自分が納得いっていないのなら、もっと頑張ろう。そう考えられるようになりました。

甘んじるのではなく、ただ、聞き入れる。その日から少しずつ、褒められた時は素直に「ありがとう」と言えるようになりました。

最後のブログ

（前略）

最近は沢山時間があります、私にとって必要な時間だと感じています。

いろんなことを考えます。お世話になった人の顔も浮かぶし、思い出なんかも蘇《よみがえ》ります。

振り返ってみて、やっぱり私のした選択に何一つ後悔はありません！

全部正しかったと思いたい。それを証明するのは自分自身の、これからの行いですよね。

気がついたら私はアイドルという職業に惚《ほ》れていました。仕事が恋人とはこのことで、勉強する時間も、寝る時間さえも惜しいと思ったほどでした。

なんでこんなに夢中だったか最後にお話ししても良いですか。

綺麗な衣装が着られて楽しい、お写真撮られるのが楽しい、ステージに立つのが楽しい、全部本当です。

でもそれ以上に、私はここにいていいんだって認めてもらいたかった、その一心で走ってきたような気がします。

この世界にいると、私を必要としてくれる人が沢山《たくさん》いる。私だけを見てくれている人が沢山いる。それが嬉しくて今日まで続けてきました。

がむしゃらに進む姿勢というのはそれだけで人の胸を打つもので

特別な才能があるわけではない私でも、勇気なのか、癒《いや》しなのか、希望なのか、色んな感情を与えられる。

アイドルの一番のウリは、素のキャラクターと仕事への〝姿勢〟なんだと思います。シンガーには敵わないし、ダンサーには敵わないし、芸人には敵わない。パフォーマンスが完全でない分、いかに目の前のことに真摯《しんし》に取り組むかが求められている職業かなと考えた時、私はアイドルとして何事にも、全力でぶつかってきたつもりです。

あくまで私のアイドル論ですが、語れと言われればいくらでも語ります。それだけこのお仕事が好きでした。

忙しいのが幸せな私には正直、次への準備期間が心穏やかではありません。今の宙ぶらりんな状態は落ち着かなくて。

ですが私の進みたい方向性は、一応プランはあります。説得力のある人間に。そのための経験をこれからの時間で沢山していきたいと思っています。

アンダーライブお疲れ様！　紅白3年連続出演おめでとう！
親愛なるメンバーひとりひとりにこの言葉を贈《おく》ります。
声を大にして言いたい。

あなたは乃木坂に必要な存在だよ。
ここに至《いた》るまでに誰か一人でも欠けていれば
今の乃木坂はなかった。本当にありがとう。

スタッフの皆様、ファンの皆様。今までお世話になりました。
本当にありがとうございました。

またどこかで。

*

シンガー、ダンサーと書いているのだから、芸人でなくコメディアンと書くべきでしたよね。投稿《とうこう》して公開された後でずっとこの箇所《かしょ》だけ気になっていました。ああ直したいって（笑）。

東京ドーム二日目ダブルアンコール後のMC、アンダーアルバムに収録されている中元のドキュメンタリーでも、いろいろとお話ししました。ドキュメンタリーはドームライブよりあとに撮影したので、少しリラックスした表情をしているような気がします。

ソロ曲も作っていただきました。本当に幸せなアイドル人生でした。

ファンの皆さん、共演者さん、スタッフさん、メンバー。たくさんの人が私のために涙を流してくれました。華やかな世界だったのだなと実感しました。私には少し眩《まぶ》しすぎました。

卒業してから一ヶ月ほどでブログがクローズされましたが、その間に母がこれまで更新した1から731まで全てのページをプリントアウト・ファイリングしていました。二部作って、一部は祖父母の家に贈っていました。

私とひめたん

最近、乃木坂46のドキュメンタリー映像を改めて観て、ああこれは書いておかなきゃと思った事がありました。

映像の中で「なんか～」という言葉を乱発していて、よっぽど頭が回っていないのだなと見返して思いました。活動していた時の他の動画を見るとそこまで言っていないので、口癖《くちぐせ》ではないはず。

それから、映像の中で彼女は「アイドルでいることができて幸せだった」と言っていました。ひめたんはいつ如何《いか》なる時も、目の前の人たちに愛されるような振る舞いをしました。ひめたんは表に出ている時だけでなく、メンバーやスタッフさんといる時もアイドルとして関わりを持つことを望みました。ひめたんはどうも怖いもの知らずのようで、番組で共演するタレントさんに臆《おく》することなく接していました。ひめたんはハングリー精神を持っていて、度胸《どきょう》があって、ガッツがありました。熱いヤツでした。

私はお仕事自体もそうですが、きっとひめたんを側《そば》から見ているのが楽しかったのだと思います。

私には行動や感情のリミッターを振り切ることが難しくて、なかなかできません。無自覚に制御してしまう造りになっています。でも彼女を纏《まと》うと途端に視界が開けるような気がします。ひめたんの言動は潔《いさぎよ》い。感情の針が常に大きく振れて忙しいです。そうか、これだ。

私はひめたんをコントロールしきれなくなっていたのかもしれません。

別人格といえど身体は一つです。それなのに、私の「疲れたよ〜」という声をひめたんが聞いてくれなくなった。家に帰ってもひめたんが抜けきれず、私はどんどん侵《しん》食《しょく》されていき、最後完全に乗っ取られそうになった。説明できない倒れ方をしたのは、多分私が限界になった。こういうことだったのかな。

私にとって乃木坂46とは

「青春」「人生のすべて」現役時代はそんなことをよく言っていました。確かに、私は乃木坂とともに大人になりました。

ここで認めてもらいたくて、「乃木坂にはひめたんが必要だ」と言われたくて、そのために頑張る。それだけが原動力。乃木坂は私にとってそんな存在でした。

「大変なこともあったでしょう。頑張ったね」と言ってもらうこともありますが、あまり頑張ったような感覚はないのですよね。

犬にジャーキーを見せたら、喜んで追いかけてくるじゃないですか。あんな感じです。険しい道のりだということにあまり気づかず、ジャーキー欲しさにずっと走り続けてきました。「夢中だった」という表現がしっくりくるような気がします。

全力で駆《か》け抜けて、たくさん悩んで、涙を流しました。そのおかげで今の私がいます。

ずっと活動を続けていたら、また違う人生になっていただろうし、考え方も、悩みの種類も違っていたことでしょう。芸能界といってもいろいろなジャンルがありますが、お芝居か、バラエティか、モデルか、何かに心を奪《うば》われて、それを仕事にしていたかもしれません。

それ以前に、乃木坂として活動をしていなかったら？　広島で女子高生をして、女子大生をして、東京に来ることも、今の交友関係のほとんどを築くこともなかったでしょう。

ここまで長かったですね。お付き合いくださってありがとうございます。これからは卒業後の話になります。

第2章
カウンセラーになる私

辞《や》めてみて

まず解放感がすごくありました。辞めてみると一気に身軽になったように感じました。

辞める直前、一番強く思っていたことは「そっとしておいてほしい」。活動を終えてからは、もう注目されることはない。カメラの前に立って笑うこともしなくていい。「もうルックスのことを気にしなくてもいいんだ」「何を食べても、誰にも何も言われないんだ」。いざ自由になると、気分転換のために食に走るということはなくなりました。プレッシャーを感じる場面自体ぐっと減ったのかな。

卒業したらラーメン二郎に行ってみたいなんて言っていましたが、食べちゃダメだという気持ちが、ラーメン二郎を魅力的なものにさせていたのでしょうか。結局まだ行っていません。量多いって聞くな。もともと食が細いので、完食できる自信ないな。人はルールを定められると、それを守るとか破るとかではなく、ただ縛《しば》りがあるということにストレスを感じるのだと思いました。校則が厳《きび》しいと反発心からグレる生徒さんが出てくるみたいなことも聞きますね。

自分自身に課していたもの、立場上控えていたもの、周りからの視線、評価。心の中にあったあらゆる鎖《くさり》が外されて自由になりました。

マスクをして街を歩くことに疲れた。派手なネイルとかやっちゃう。自撮りなんてもう二度としない‼

「志半ばで卒業することになってかわいそう」「やっとこれからって時に辞めるなんて」と言われることがありました。これまでの経歴を見るとそう感じられるかもしれません。選抜に入るために頑張《がんば》っていたのに、選抜に入った途端《とたん》辞めてしまった。

それでも私は、何一つ後悔などないです。やりきった。その一言に尽《つ》きます。常に目の前の仕事に全力で取り組んできたと言い切れるから、いつどこで終わったとしてもそれなりに満足できるのだと思います。それに、アイドルをしていた日々が楽しかったですから。

完走、クールダウン

2017年12月、全ての仕事を終えました。次のステップに進むためにというよりも、どちらかというと「体調不良で活動できなくなった」ことの方が辞めた理由として大きかったので、この時点では今後の目処《めど》が一切立っていません。

活動していた時に二ヶ月半ほど休養期間をいただきましたが、私にとってはこれからが本当の休養期間。仕事は全てクリアにしてきた。待たせている人もいない。これからどうやって生きていこうと考える体力はありませんが、頭が働かないので逆に不安も感じません。先を考える余裕がなく、ぼーっと日々を過ごしていました。

一日中カーテンを閉め切って部屋に閉じこもり、何をするでもなくとりあえず休む。引退直後の過ごし方として間違っていなかったというのは、今だから言えることでしょう。不眠状態が続いていたので、夜中になっても眠れず、ずっとスマホを触《さわ》っていました。この時期何をして過ごしていたかというと、勉強か、バラエティ番組を観るか、寝ているか。月に3~4冊、本を読んでいました。今は電子書籍というものも出てきましたが、私は紙の本が好きです。

大人になって、バラエティ番組をまた観るようになりました。

小学生の頃はよく観ていたのですが、小六で塾に通うようになってからはテレビを観る時間が減り、気がつけばテレビっ子ではなくなってしまっていました。高校を卒業して少し経《た》った頃、一人ぐらしを始める際に、テレビに興味ない人間にしてはそこそこなサイズのテレビを買いましたが、ライブBDを観るか、録画していた自分の番組をチェックする程度。丸一日テレビがついていなくても平気でした。

休業中。自力で笑えなくなってしまったので、無理やり笑わせてもらおうと思ったのがきっかけです。

それが今では、すっかりテレビを観るようになりました。身体が重くて動けないような日も、寝転がってお笑いを観て、その時だけは調子よくケタケタ笑っていられました。加えて今はニュースも毎朝見ます。

現場を離れたことで、メンタル面の不調は少しずつ良くなりました。いつぶりだろう、一年以上ぶりかな。誇張《こちょう》でもなんでもなく、まっすぐ前を見ることができるようになりました。下ばかり向いて歩いていると肩首が凝《こ》ります。でも、前を見るってそれなりに気力がないとできないのです。

体調不良自体は乃木坂に加入した中三の夏からジワジワと始まっていたので、心よりも身体のダメージの方が大きかったらしく、疲れ貯金が貯《た》まっていたようです。自《じ》律神経《りつしんけい》や緊張《きんちょう》性による不調は三日三晩でよくなるものではなく、自分の意思でコントロールできないのがもどかしい。治るのに随分《ずいぶん》と時間がかかるなと痛感《つうかん》しました。

カウンセリングスクールへ

1月の終わり頃、とある日の深夜3時頃。思い立ったようにカウンセラーになるための学びができる養成スクールを探し、説明会の予約を入れました。

卒業前になんとなく「次は心理カウンセラーを目指そう」ということだけを決めていましたが、具体的にいつ頃から動き出す、というプランは立てていませんでした。なぜこの日の夜、急に行動に移せたのだろう。休んでいる間に少しずつエネルギーを蓄《たくわ》えて、一定のエネルギー量がチャージできた合図だったのかしら。

そして2月からカウンセラー養成スクールに通うようになりました。週一回、2時間。スケジュール帳に書いてある唯一《ゆいいつ》の予定です。半年で修了するカリキュラムでしたが、通えない時期があったため、休学を挟《はさ》みながら八ヶ月間かけて卒業しました。

クラスには様々な年齢・職業・経歴を持った生徒さんがいました。目的も違って、今の仕事に生かしたい人もいれば、身内で病《や》んでしまっている人の気持ちを理解したい人、カウンセラーになりたい人ももちろんいました。

新鮮でした。辞めてからの一年でたくさんの出会いがありました。高校の時から友人が少なく、交流の輪を広げる努力もしなかったので、そんな私は誰の話を聞いても興味深いものに感じられました。

この時期、カウンセラーとして仕事をする上で身につけておくべき教養を学びながら、

「あの時現場に行けなくなったのは、自分の中でどういうことが起きていたのだろう」

「今はどのくらい回復したのだろう」

「これから仕事を始めるにあたって、どのようなことに気をつけるのが自分にとって良いのだろう」

といった自己分析をたくさんしました。そして生きづらさを助長している偏《かたよ》った考

え方を見直すようになりました。人と比べて自分はこういうところがある、自分にはないがこういう考え方をする人もいる、といったデータを蓄積《ちくせき》させることができました。

私は他人からどう見られているかといった視線や、他人の心の動きに敏感《びんかん》だと自覚していいます。周りからの評価を重視し、自分の意見を主張するのを控《ひか》えるようになりました。もっとこう見られたいと、自分では操作《そうさ》しきれない「他人への印象」を何とか良いものにしようともがいていた時期がありました。

勉強して、また考える中で感じたことの一つは、他人の視線に敏感なこと自体は悪いことではない。そういう性格。私を構成する一要素。ただ、そこに期待すると、求めていた反応が得られなかった時に勝手に傷つくのは自分なので、それよりは「人ってそんなもんだ、とある程度諦《あきら》める」とより生きやすくなるよ〜、みたいな。

のちにカウンセラーになって、この要素を生かした仕事ができているなと強く思います。自分に搭載《とうさい》された装備を正しく理解し、正しい使い方をすることの大切さを学びました。

また、自分のストレスに敏感になりました。ストレス度合いを貯水タンクに置き換《か》えて考えます。

これまで根性論で生きてきた私は「何にでもストレスはつきもので、そんなものは関係ない。やるべきことはやる。気合いでなんとでもなる」と信じてきました。タンクの容量のＭＡＸが１００とすると、１００を超えて水が溢《あふ》れていることに気がつきませんでした。

勉強してからは自分のタンクの容量を認識し、身体の声を聞くようになりました。メーターが60超えたあたりでセンサーが察知《さっち》して、こまめに放水しようと、好きなことをしたり、休息をとったり。考え方が変わったことで、タンクに水が貯まる速度も緩《ゆる》やかになりました。

二十何年間、周りにどう見られたいか、どう振《ふ》る舞《ま》うべきかを物事の基準にしていました。アイドルになってからはますます良く見られたいという思いが強くなり、また自分を見る人の数が増えました。比較対象もたくさんいました。そんな中で自分の求められている役割を考えたり、敵を作らないように振る舞うなんて難しいですよね。

等身大の自分を大切にできるようになりました。頑張りたい時は頑張るし、ペースを落とすこともできる。べらぼうに飛ばしすぎるとどうなるかを学んだので、高望みしすぎず、身の丈《たけ》にあったスタイルで生活をしています。完璧《かんぺき》でないことを許せるようになったのが大きな成長ですね。


2-6-2の法則とはよく言われますが、私が初めてそれを聞いたのは19歳の頃でした。ビジネスの場で用いられることが多いのですが、友人が教えてくれたのは、対人関係における法則です。

「他人が10人いたら、2人は自分のことを好きになってくれて、2人は自分が嫌いで、後の6人はどちらでもないんだって。だから、いかにその6人を味方にするかが大事らしいよ」

以前の私は10人全員からよく見られたいと思っていました。でも、自分のことが嫌いな2人に振り向いてもらうよりも、自分を悪く思っていない8人にアプローチする方が効率が良いし頑張れる気がしますよね。それでいいんです。それでいいと思えるようになりました。

新しい価値観を提案されたとき、心からその考えに納得して、自分のものにするって簡単なことではないと思うのです。19歳の私にはそれが難しかった。

育ってきた環境、成功体験を重ねる中で築き上げた自分のやり方、自分に影響をもたらした人との出会い。自分の中の「絶対的なもの」を変えるのは容易《ようい》ではありません。

以前の私は、頑固で、手抜きが嫌いで、白黒ハッキリさせたい完璧主義者でした。そういう考え方でいるのが自分らしい・生きやすいという方もいらっしゃいます。私の場合は、その考え方が結果的に自分自身を苦しめた。もう少し柔軟《じゅうなん》な考えを身につけた方がいいんだろうな、となりました。より生きやすくなるために自分を変えようと、新しい価値観を受け入れる姿勢で、勉強に取り組めた時期だったのだと思います。質の良い勉強期間になりました。

【2018年（22歳）】

＊

大学生

4月、大学生になりました。通信生です。

乃木坂を卒業する前の夏の終わり、数年ぶりに高三の時担任だった先生に会いにいき、一緒《いっしょ》に進路を考えました。勉強スタイルは通学が良いか通信が良いか。心理学部のある大学はどこか。規模の小さな女子大なら静かに学べるのではないか。いろいろな入試の制度についても教えてもらいました。

志望校に受かることに必死になりすぎて、入学できた途端燃え尽き症候群《しょうこうぐん》のようになってしまうことがあります。私は幸いなことに逆のパターンで「大学ってこんなに面白いのか！」と驚きました。勉強をしたいという思いもあったのですが、なんとなく大学に行っておくべきだろうという考えが強かったので、そこに面白《おもしろ》さを期待していなかったというか。18歳で活動しながら進学していたら、きっとこの楽しさに気づかないまま、毎日眠い眠いとつぶやいていたことでしょう。

アイドルだった時は、与えられた場所で、いかに良いパフォーマンスをするかを考える日々でした。自分磨《みが》きをしたり、真面目《まじめ》に仕事をするなどして評価を上げることはできますが、自分で新しいフィールドを開拓するのは難しいものです。制限もあります。

カウンセラーと大学生は、どちらも自分でコントロールできる立場です。頑張ることも頑張らないこともできます。自分自身と相談をしながら物事を進められます。

入学した2018年春の時点では、まだカウンセラーとして仕事をしていませんでした。それどころか体調も全快ではありません。

元気な時は積極的に講義を受ける事ができますが、元気でない時は何もできずただベッドから天井を眺《なが》めていて、気付いたら日が暮れていました。しばらくはそんな生活。通学生になるならあと一年は休みが必要だったかな。

以前とは随分考え方が変わり、休むことに対する罪悪感《ざいあくかん》はなくなりました。焦《あせ》りはあまり感じていないけれど。それでも、いつまでもこのままではいられない気がする。社会人として、仕事で認められることにアイデンティティを持っていたので、今の自分に胸を張ることができない。目先のできることだけを探して日々を過ごしていました。

私生活の変化

アイドルでなくなってから得た気づきがいくつかありました。

例えば、芸能人って食費かからないな、とか（笑）。

現場に行けば何かしら食べ物があり、他に欲しいものはスタッフさんに言ったら用意してくれます。芸能人の中でも贅沢《ぜいたく》をしていた方なのかもしれませんね。現場に行くようなことがなくなって、食べ物が当たり前にある環境が特殊《とくしゅ》だったのだなとしみじみ感じました。

もともと芸能人志向でなかった私は、こんな生活ができるのは今だけなのだから慣れてはいけない、地に足のついた生活を、と自分に言い聞かせて過ごしてきました。だから大きなギャップに困るようなことはなかったけれど、やはり家計簿をつけてみると食費が占《し》める割合って大きい。

それから、マネージャーさんの偉大さ。

仕事を辞めてはじめて熱を出した時、我が家の体温計の電池が切れていることに気がつきました。悪寒《おかん》でガタガタ震《ふる》えながらコンビニにボタン電池を買いに行ったのですが、サイズがいくつかあることに気がつき、店内で愕然《がくぜん》としました。電池のサイズを確認するために一度帰宅する元気はありません。頭が回らなかったので、もういいや！　と新しい体温計本体を買って帰ってきました。今うちには体温計が二本あります。

あと絆創膏《ばんそうこう》がないとか、マキロンがないとか。現場で借りて間に合っていたので、いろいろと日用品で足りないものがありました。


誕生日。

16歳から毎年、誕生日を盛大に祝っていただきました。各現場でケーキを用意してくださいました。ファンの皆さんのご厚意《こうい》で「生誕祭《せいたんさい》」なるものを開いていただいていました。いわゆるお誕生日会ですね。レーンを華《はな》やかに装飾《そうしょく》していただき、メッセージカードを集めたアルバムや大きなお花をプレゼントしていただき、仲の良いメンバーが手紙を用意してくれて、壇上《だんじょう》で読んでくれる。

「誕生日だな〜」って実感が毎年ありました。ブログでこの一年の抱負《ほうふ》なんかを綴《つづ》るのですが、どんな一年だったかなと振り返るのにも良い機会でした。

22歳の誕生日はこれまでと比べると静かでした。悪くない。というか案外心地《ここち》が良い。あれが芸能界だったのだなと肌《はだ》で感じました。

秋頃、三年続いていた不眠症がよくなっていることに気がつきました。

＊

眠れない夜、開き直って「いろんな作業ができてラッキー」と思う日もありましたが、眠れずに涙を流すような日もありました。翌日に大事な仕事を控《ひか》えている夜とか、ライブの後の疲れた夜とか。「寝なきゃ。寝たい」という気持ちが強いほど、焦りは大きくなります。眠れなかった。身体が重い、頭が働かない。でも仕事には100%の力で臨《のぞ》むべき。

芸能活動をしていた時は1日3~4本エナジードリンクを飲んでいました。月換算すると100本以上……。カフェインと糖分を過剰摂取《かじょうせっしゅ》していました。

朝起きたらまず口に含まないと起き上がれない。昼間、効能が切れた瞬間《しゅんかん》がわかる。再びエネルギーをチャージする。そして覚醒《かくせい》しきっているせいか、夜、寝たい時に眠れない。あれは完全に依存《いぞん》状態でした。

現場を離れても不眠はしばらく続いていました。寝つきに良いとされることは一通《ひととお》り試しましたが効果は見られず、もはや諦めていました。ショートスリーパーなのかもしれない、寝なくても良い体質なのだと言い聞かせていましたが、気がついたら眠れるようになっていました。

やはり楽になりました。身体的な回復も感じますが、私にとって眠れないことは精神的負担になっていたので、また一つ苦しさから解放されました。

カウンセラーとして

2018年11月、今年中にカウンセラーとして仕事を始めるという目標が実現しました。おそらくアイドルだった六年という時間よりも長く、この仕事を生業《なりわい》としていくのであろうと考えると、自分にとって特別な一ヶ月となりました。

一人目のＳｋｙｐｅ通話ボタンを押す時、緊張と、頑張ろうという気持ちと、少しの不安と。様々な感情が入り混じったあの瞬間はずっと忘れてはならないと思っています。

「初心を忘れない」ことが大切だとよく言いますが、この時の「初心」はとても印象に残っています。というのは、アイドルだった頃の初心をよく覚えていないのです。私の初ステージは、規模は違いますが小一の頃に地元の公民館で習っていたダンスの発表会。衣装を着て、観客の前で自分のダンスを披露するという点においては、アイドルと同じだと思っています。ステージが大きくなっていっても、ライブで緊張《きんちょう》することはほとんどありませんでした。

仕事。クライアントにとって心強い存在でいなければいけない。「ちゃんとできるか不安」などと言うカウンセラーに、私なら相談したくない。

ベテランにだって、誰にだって初めてはあるのだから。

小手先の技術よりもクライアントに寄り添《そ》う気持ちが一番大切だと思うから。

そう決心して、始めました。

カウンセラーは、自分でカウンセラーと名乗った日からカウンセラーです。自分で名乗るのってはじめは躊躇《ちゅうちょ》してしまいます。一番のブレーキは、まだ実績がないということ。

早くこの肩書きに慣れなければと思い、仕事をはじめた当初は意識的に「心理カウンセラーの中元です」と名乗るようにしていました。

元アイドルという看板

元アイドルという看板はどのように見られるのか、とても気になっていました。正直、マイナスなのではないかという気持ちの方が大きかったです。アイドルを否定するつもりはないのですが、カウンセラーという職業のイメージを思い浮かべると、少しばかり温度差を感じます。この仕事をする上で、元アイドルというのは不利なのではないか。そんなふうに考えていました。

実際に仕事をはじめて、クライアントさんの声を聞いているうちに、前向きに捉《とら》えられるようになりました。

初対面のカウンセラーに対して、クライアントさんはその人柄を探るのに少々時間がかかると思います。人見知りだという方ならなおさらです。

私の場合は、名前を検索《けんさく》したら顔や声、それまでの人生も出てきます。この人、こんなことで悩んでいたのだろうなという見当さえついてしまいます。だからこそ、「年齢の割に苦労して、いろいろなことを経験してそう」「自分の立ち位置と似ている」といって予約していただくことが多いようです。

不安があった一方で、この看板があるからこそ、できることがあるとも思いました。

日本ではまだまだカウンセリングに抵抗を感じる人がたくさんいます。「相談するほどの大した悩みではない」「行ったら負けだ」といった考えから、なかなか踏みきれなかったというクライアントさんのお話をよく聞きます。

私はカウンセリングというものに救われました。同じように、カウンセラーという存在を知ってほしい。カウンセリングを前向きなものとして捉える人たちが増えてほしい。必要としている人に必要なサポートが届いてほしい。

乃木坂46だった私だからできることがあるのではないか。

グループの名前は極力名乗りたくないと思っています。それでお仕事をいただくのは、自分の力だと言えないような気がして。しかし、私を通して新しい世界を知ってもらう入り口になれるかもしれない。きっかけはなんであれ、「近所にカウンセリングルームないかな。一回足を運んでみようかな」と検索して、そこで救われる人がいるなら何よりです。

実際、初めましての方にお話を聞くと「ｗｅｂニュースで知りました」と結構言われます。11月頃に仕事を始めたタイミングでｗｅｂニュースになり、その記事を流し見していたのを半年後にふと思い出しました、ということでお申し込みいただくケースも少なくありません。

アイドルが持つ力

カウンセラーとしてクライアントさんと話をする中で考えさせられること、気づかされることがたくさんあります。その時々で思ったことはブログに綴るようにしています。ブログには書いていないことで、得た気づきを一つ書こうと思います。

生きがいとか、日々の楽しみを、大なり小なり持っている方が多いでしょう。その中にアイドルを応援していることが楽しいという方がいます。

アイドルから見たアイドルと、ファンから見たアイドル、そうでない人から見たアイドル。

アイドルだった経験がありながら、ファンであるというクライアントさんのお話を聞く。そうすることで、アイドル目線でもファン目線でもなく、気づいたことがあります。

率直に、アイドルは「思っていた以上にすごい仕事だったんだ。大げさでなく、いろいろな人に影響を与える存在なんだ」と。

これまでアイドルを応援していた。社会では人間関係がうまくいかず、実生活が辛い。こんなお話をするクライアントさんがいらっしゃいました。

辛い日々の中、彼女が映《うつ》っている動画を観ている時だけは、辛いことを忘れて頑張れた。しかし、その子がアイドルを卒業してから楽しみがなくなってしまった。毎日がただただ辛い。

しばらく聞いていると、どうやらそのアイドルとは私のことでした。ひめたんのファンでいてくださったそうです。卒業を発表した時はショックで頭が真っ白になったと言っていました。

私の卒業は、私だけのものではなかったのだなと。

推《お》している子に大きい仕事がきたら嬉しいし、SNSの更新がない時は心配になるし、卒業するとなったらショックで仕事が手につかなくなる。ファンの人生の一部になっていました。

上司から理不尽《りふじん》な目に遭《あ》っている。学校で窮屈《きゅうくつ》な思いをしている。しんどくて、でも自分の力ではどうすることもできなくて。どんなに辛くても仕事や学校から逃《のが》れることはできなくて。そんな時、応援しているアイドルが頑張っている姿を見ると自分も頑張れる。彼女のあの言葉にすごく感銘《かんめい》を受けた。

握手会に行ったこともライブに行ったこともないけれど、密《ひそ》かにブログを楽しみにしている。公式サイトにアップされるMVを楽しみにしている。そんな声も聞こえてきました。

ブログのコメント、握手会での会話、ラジオに届くメール。応援してもらっていると感じる瞬間は現役で活動していた時もたくさんありました。

ライブ会場で客席を見渡して、その日のサイリウムカラーを見て「今日の会場はあの子のファンが多いな」とか「今日は私のファン率低そうだ。MCではおとなしくしていよう」などと会場のニーズを測《はか》ったりしていました。

活動を続けるうちに、どの会場でもひめたんのサイリウムカラーを振ってくれたり、名前の書かれたうちわを見つけたりするようになるのも、ライブの楽しみになっていたかもしれません。そんなふうに、ファンからの熱量を肌《はだ》で感じているつもりでした。

*

でも実際には、思っている以上に多くの人に影響を与えていたようです。

すごいことをしていたのだと当時の自分に教えてあげたい。活動している時だけでなく、その先の将来も、この経歴を誇《ほこ》れる自分でありたい。

活動する中でいろいろと悩むこともあるけれど、その姿さえ誰かに勇気を与えている。年頃の女の子にしか出せない、可憐《かれん》さ、儚《はかな》さ、危《あや》うさ、脆《もろ》さ。狙《ねら》って出すことの難しい「完成形ではないことの魅力」「人間味」が応援する人の胸を打つのだと、外の声を聞くようになって気がつきました。

ひめたんはプロっぽいキャラを目指していました。プロに徹《てっ》している人が好き。でも、そこを目指しているのになりきれずにいる人間臭《くさ》さが、結局は私のキャラクターになっていました。本望《ほんもう》ではなかったのですが……。

私がカウンセラーさんに会って刺激を受けたように、私がやっていることもまた、誰かに影響を与えていたらしいのです。

好きを仕事にすること

セッションの中で「中元さんは、好きなことを仕事にする、ということについてどう思いますか」と聞かれることがあります。確かに私は好きな「歌って踊《おど》る」ことを仕事にしていました。

もちろん正解はないのだけれど、経験を思い返してみるに、仕事にする前に習い事として歌っていた時の方が、歌うことは好きだったかな。

写真を撮《と》られることはもともとそんなに好きではなかったですが、仕事にしてからはもっと苦手だと感じるようになりました。


その一方で「好きだったんだ」とか「向いてるんだ」と気付いたことがありました。

卒業するまで二年半ほど、NHKのラジオ番組『らじらー！サンデー』のアシスタントを担当しました。中学校で放送部だった頃から、マイクに向かって、相手にわかりやすく伝える力は鍛《きた》えていました。「マイク乗りする声だね」と言われてから、自分の声が好きになりました。高校生になってからはリスナーとして、ラジオの魅力を感じていました。

ラジオ自体好きでしたが、もう一つ、「アシスタント」に向いているということに気がついたのです。

自分のことを無個性だなとずっと思ってきました。自分の売りはなんだと必死に探せば探すほどに、見つからないことへの絶望が大きくなります。空《から》っぽでつまらない人間なのか、と。無理矢理キャラクターを作っては疲弊《ひへい》したこともあります。いろんなところでいろんな顔をしていて、本当の自分がわからなくなったりもしました。

アシスタントの仕事は、ゲストの良さを引き出すこと。ゲストとMCをつなげることです。MCはオリエンタルラジオのお二人。オリラジ兄さんには本当にお世話になりました。

このラジオのゲストは、毎回乃木坂のメンバーと決まっています。毎週誰か来てくれます。リスナーもMCのお二人も知らないゲストのパーソナルな部分を私は知っているはず。それを伝えることを求められている、と受け取りました。

私の役割の一つは、ゲストがキャッチしやすい良いパスを投げること。最初に出てスッとボールを投げたあとは、基本的には相槌《あいづち》という名のBGMに徹します。ノーマルな私がいることでゲストの個性が際立《きわだ》つのです。
オリラジさんが美味《おい》しく調理してくれます。ゲストは緊張が解《と》けて、のびのびとこの場を楽しんでくれて、新しい顔を見せてくれます。素敵な時間の完成です。来るメンバーの個性によって毎回違う色の放送になります。

私は毎週面白いことができる人間ではありません。「自由にやっていいよ」というのが一番苦手でした。「フリートーク」と台本に書いてあると、数日前からネタを探して、話を組み立てて、そのメモをラジオブースに持って入ります。〝フリートークの練習〟をしてから本番に臨む。アドリブを振ってもらって良い返しができなかったら、次回の放送で上手《うま》い返しができるまで、落ち込みを引きずるような人間です。

でも、ゲストとMCをつなぐのはどうも得意なようだ。ゲストの魅力をリスナーにプレゼンするのは得意なようだ。ゲストが受け取りやすいパスを出すのは得意なようだ。空気を読みながら、必要なら出て行くこともありますが、基本はゲストにとって話しやすくて居心地《いごこち》の良い場を演出しようと努力します。

アシスタントの立場がすごく向いているのだなと気がつきました。人をサポートするのが好きな私にとって、やりがいを感じる役回りでした。

そして人の良いところを見つけることも得意です。彼女のこんな魅力、私にはないなと思うことが多くあるので、センサーが敏感なのです。それは誰もが持っているものでないというのに、当人は気づいていない様子。そこで、貴女《あなた》にしかない魅力であるということをわかりやすく伝えるのも得意。

ラジオのアシスタントをしていて培《つちか》ったものが、今の仕事にすごく生きています。「自分にはいいところがないです」というクライアントさんも、話していると良いところは見つかります。初めましてでも、一時間あればいくつも見つかります。私が感じた相手のいいところを、言葉にしてまっすぐ伝えるようにしています。

例えば、このような方がいらっしゃいました。

中高大とエスカレーター式の女子校に通う高校生の女子で、中学生まではなんとか努力してクラスメイトに置いて行かれないよう勉強を頑張っていた。しかし高校になって勉強が難しくなり、今は成績が伸び悩んでいる。周りは頭の良い子が多く、みんなと一緒にいるだけで劣等感《れっとうかん》に苛《さいな》まれる。学校に行くこと自体が憂鬱《ゆううつ》になってしまい、最近は不登校気味になってしまった。勉強が難しいことを相談したら、両親は「辛い思いをしてまで、附属の大学に行く必要はないよ。他の大学に行く道も考えよう」と言ってくれている。中学生から今まで高い学費を出してもらったにもかかわらず、親にそのように言わせてしまって申し訳ない。

自分の顔も好きではなく、自分に自信がない。そんな中、特に仲良くしてくれている友人が二人いる。学校を休んでいる自分を気にかけてくれたり、久々に登校した時は、休んでいた分のノートを見せてくれたり。なぜこんな自分と仲良くしてくれているのかわからない。きっと二人が優しいからだ。

私がこのようなお話を聞いて思ったことは、

「きっと頑張り屋さんなんだろうな。数年間頑張り続けてきた疲れが出てしまっているのかもしれない。もっと自分に対して、お疲れ様とか、頑張っているねって声かけをしてあげてほしいな。

それから、親御《おやご》さんに対する気遣《きづか》いが素晴らしいな。学校に通わせてもらっている、と皆が皆、意識できるわけではない。そのありがたみを感じているからこそ、進級や進学がプレッシャーとなってしまっているのかな。

友人に対する謙遜《けんそん》もすごいな。貴女は謙遜と考えていないかもしれないが、友人たちも無理して一緒にいるのではなく、貴女と一緒にいたいからいるのではないかな。心配したいから心配している。それを全て『友人の優しさ』と捉えてしまっているのだな。けれど実際は、一緒にいたいと思わせる貴女の魅力があるのだし、ご自身では気が付いていないだけで、貴女も友人が困っている時は力になってあげているのではないかしら」

もちろん私の考えを強要することはありません。ただ、「自分にはいいところがないです、と貴女は言うけれど、私は貴女のいいところを見つけましたよ」とお伝えすると、「確かに、以前友人やクラスメイトから感謝されたことがありました」「親に褒《ほ》めてもらって嬉しかった言葉を思い出しました」など、ご自身の評価について考え直すきっかけになることがあるみたいです。

これを当時の自分自身にしてあげられたら、今頃何か変わっていたのだろうか、と思うことは確かにあります。でも、私は自分に自信がないからこそ、他の人の良いところがパッと見つけられるのだろうな。それを言語化する力は、ラジオで鍛えられたと思っています。

私にあの場所があってよかった。アシスタントの経験を通して、アイドルとしてだけでなく、人として成長することができました。

*

「中元さんは、好きなことを仕事にしてみてどうでしたか」と聞かれると、少し考えてからこう答えます。

「歌は仕事にする前の方が好きだったかな。でも、楽しかったこともたくさんありましたし、何よりやってみて気づいたことがたくさんありましたよ」

周りには「趣味が仕事って最高！」という人もたくさんいるので様々ですね。

嬉しかった言葉

クライアントさんからこのような言葉をいただくことがあります。
「中元さんがカウンセラーになってくださってとても感謝しています。中元さんとお話しできてよかったです」
胸がじんわりと温かくなります。

アイドルだった時、「アイドルになってくれてありがとう」と言われたこともありました。どちらも直接顔を見て、言葉をかわすことができる職業です。

なんだろう。種類が違うので並べて語ることが間違っているのかもしれないけれど、心の中での響き方が全然違って大きな発見でした。字面《じづら》だけ見たら同じ言葉なのに。「アイドルになってくれてありがとう」だなんてとてもありがたい言葉。ただ、贅沢なことを言っているのは承知の上で、「カウンセラーになってくれてありがとう」はそれ以上にグッときました。

転身した経緯がそうさせているのか。それともアイドルと比べて、カウンセラーに自分の意思で「なった」という実感があるからか。

私がかつて出会ったあのカウンセラーさんに対する気持ちと、同じような感情を抱いてくれているクライアントさんがいらっしゃる。それを感じる瞬間がたまらなく幸せで、この職業を選んで本当に良かったと感じる場面の一つです。

アイドルだった時は、ねぎらいの言葉に弱かった記憶があります。自分で自分をいたわってあげるという発想はないし、内心では渇望《かつぼう》していたのでしょうが、誰かに「ねえ褒めて」と口にできるような人間ではありませんでした。

頑張ってねと言われることは慣れていたし、私のことを思って選んでくれた言葉というだけで十分嬉しい。そんな中、弱っている時、不意に握手会で、頑張ってねではなく「頑張ってるね」と言われた時は、一瞬素《す》の自分が顔を出しそうになりました。奥歯をグッと噛《か》んで、気持ちを切り替えて、次の人にはまたアイドルとして振る舞う。

今では逆の立場です。誰かの弱い気持ちや涙を受け止められる人でいたいと思っています。奥歯をグッと噛み締めることもすっかりなくなりました。過大評価はしないよう心がけているけれど、必要以上に自分を卑下《ひげ》することもなくなりました。

*

【2019年（23歳）】

友人

私だけでなく、友人もまたこの数年で環境がガラッと変わったようでした。

同い年の友人はそれぞれ、就職したり、勉強を続けたり、やりたいことを見つけてチャレンジする年齢になっていました。

高校の頃、同級生のみんなと話が合わないと感じていました。大人と仕事をしていて「いろんなこと知ってるもん」とませていました。私がする話もまた、同級生にとって面白くなかったでしょう。

大学進学や海外留学の話。会話のトピックについて無知なのは仕方がないかもしれませんが、興味を持とうともしませんでした。今は、そんな自分が幼《おさな》かったと思えるくらいには大人になりました。

気が付いたら、周りの同級生もすっかり大人になっていました。

就職した友人たちは社会に揉《も》まれながら、金曜日の夜に「一週間疲れた！」なんて言っています。そんなみんなの話が新鮮で面白い。もっと色々聞きたい。

仕事柄、経験しておけばよかったかなと思う事柄がいくつかあります。いろいろな引き出しがあった方がクライアントさんの悩みにより共感ができるし、情景がパッと浮かぶような気がします。友人の話を聞きながら、いろいろな人生の一部を疑似体験《ぎじ》させてもらいます。

ある時、友人にアイドル時代の話をしていました。サッカーに例えてこう言いました。

「私はずっとJ2だったわけですよ」

すると友人から意外な言葉が返ってきました。

「僕からしたら、プロサッカー選手なことに変わりはないけどね」

そうか、と。

私にとっては、東大生ってすごいし、社長さんってすごいし、ママさんってすごい。受験生や就活生《しゅうかつせい》ってすごいし、サラリーマンやOLさんってすごい。でもその中に所属している人にとっては普通のことで、与えられた環境の中で悩んだり、誰かと比較したり目安を定めたりして、価値を見出そうと日々努力しています。

私に与えられたのは乃木坂46という環境でした。その時の私は乃木坂の中で生きていました。

スタッフさんやメンバーみんなが口をそろえて言っていた言葉を思い出しました。

「選抜・アンダー関係ない。みんなで乃木坂46だ」

在籍していた時に素直に心からそう思えていたら、どんなに幸せだっただろう。

ポジションによって与えられる役割は違うけれど、どの役割だって乃木坂46を形成する上で大切です。どれか一つでも欠けていたら、今の乃木坂は存在しません。報《むく》われるまでにはそれぞれのペースがあるし、何をもって「報われた」とするか自体統一できるものではありません。ただ、一人一人、必要としているファンの方がいることは確かです。

自分に自信がなく、自分で自分の存在を認めてあげることができませんでした。分かりやすい肩書きがあって初めて、価値のある人間と認められると思ってやってきました。

極端な話ですが、「乃木坂46」の「選抜メンバー」でないと、このグループに貢献《こうけん》できないし、胸を張って活動できない。家族や親戚からもかわいがってもらえないし、友達も寄ってきてくれない、と心の底から思ってきました。

でも、必要ないメンバーなんて誰一人いない。もっと早く気がついて、自分自身にそう言ってあげることができたらどうなっていたでしょう。私は今の環境に満足しているので、アイドルだった頃に戻りたいとは思わないけれど、そんなふうに考えることができていれば……。

内側にいる時は穿《うが》った捉え方しかできませんでした。引退して、外側から乃木坂を見るようになった今、メンバー全員のことを尊敬します。見えていないところでめちゃくちゃ忙しいだろうな。現在、籍《せき》を置いている子にしかわからない、私には想像もできないような感情だってあるでしょう。

それでもカメラの前に立ち、ステージに立ち、見ている人たちを笑顔にしている。今の私にはとてもできることではありません。

カウンセラー中元の在《あ》り方

「クライアントさんの疲れや悩みを聞いていて、こちらが苦しくなることはないの？」と聞かれることがあります。

自分でも始めるまで、「クライアントさんにつられてこちらまで苦しくなるようなことはないだろうか」と考えました。ありそうですよね。一度倒れたら、戻ってくるまで随分と時間がかかるだろうということは実体験を踏まえて想像できます。

他人と自己の境界線というものは、人によって違います。他人事《ひとごと》を他人事として消化できる人もいれば、自分のことのように悲しくなったり腹が立ったりする人もいます。

素の私は感情移入しやすいタイプだと自覚しています。ですから、そのラインを公私混同しないように仕事をする上で意識しています。

アイドル時代にスイッチの切り替えは随分と鍛えられたようです。過去との違いは、仕事が終わったらちゃんとオフにする。スイッチを自分で操《あやつ》れるようになったことでしょうか。

お話を聞く上での参照資料が、歳の割には豊富なのかもしれません。実際にお世話になったから病院の雰囲気が何となくわかるし、薬の副作用も何となくわかるし、メンタルクリニックに通っているということを、周りがどのような見方をしているかも何となくわかる。

色々なカウンセラーがいますが、当事者だった視点を持ち合わせた上でお話を聞くことができるというのは、私の持つ特質の一つだと思っています。

クライアントさん側も、カウンセラーに対して同情なんかは求めていないでしょう。「プロとして話を聞く」ことを心がけています。

第3章
過去を踏まえて前へ進む

過去と向き合ってみる

カウンセラーとしての仕事が軌道《きどう》に乗る一方、自分は、果たして自身の問題をクリアにできているのだろうか、と思うようになりました。

＊

卒業して一年半が経った2019年の春。説明できない感情を抱いていました。
「乃木坂に触れると胸がザワザワする自分がいる。そのこと自体すっきりしないし、そんな自分もまた嫌だ」と。

卒業生の多くは、スケジュールが合えばライブに行っているようでした。でも、私はなんとなく行く気分になれない。行ったら自分の中の脆《もろ》い部分が揺《ゆ》らいでしまうような、そんな気がしたからです。

CMや雑誌の表紙、ゴールデン帯のバラエティ番組。否《いや》が応《おう》でも、視界に乃木坂の情報が入ってきます。音楽番組は意識的に観ないようにしました。

ウェブニュースやYouTubeにも、乃木坂が出てきます。スマホが私に乃木坂の情報をオススメしてくれて、その度に胸がザワザワしました。ユーザーの履歴《りれき》によってオススメされる情報が変わるので、無意識のうちに見ていたのだと思います。あえて関係ないニュースを見るようにしたりしていました。ただ、気付いたらまんまと記事を読んでいることもあり、それを記憶したスマホはまた乃木坂をオススメしてくる。

乃木坂に触れた時に感じる、この説明できない感情が嫌でした。目の前に対象物があったとしたら、咄嗟《とっさ》に手で突き放してしまいたくなるような感覚。

何度か繰り返しているフレーズでごめんなさい。もう書くの最後にします。メンバーは悪くない。みんなの活動を素直に応援できない自分が嫌になるのです。

なぜこのような感情を抱くのだろう。最初はただただ目を背《そむ》けていましたが、じきに考えるようになりました。時間が経って正面から向き合う体力が出てきたのだと思います。

そして一つの仮説にたどり着きました。

「そうか。私にとって乃木坂は、トラウマになっているのだ」と。

お医者さんは診断をくだし、症状が和《やわ》らいで生活しやすくなるよう薬を処方《しょほう》してくれます。カウンセラーは話を聞く中で、クライアントさん自身の心の内を引き出し、自らの力で問題を解決するお手伝いをします。でも結局、本質的な悩みを解決し、苦しみから救ってあげられるのは本人でしかないということを、普段セッションをしながら感じます。

クライアントさんから、過去のトラウマを自力で克服《こくふく》したという話を聞く機会があります。

ふと自分に問うのです。果たして私自身はどうなのだろう。

そのようなエピソードを聞くたび、尊敬の念を抱《いだ》くとともに、前を向く勇気を分けていただきます。「いいな。私もそうなれたら素敵だな」という憧《あこが》れも。

メンバーのことはすごく応援している。どうか楽しんで活動してほしいし、悩むようなことがあるなら力になりたいと思う。

でも、乃木坂に触れたとき「楽しかったな」という感情よりも「大変なこともあったな」の記憶の方が速いスピードで頭の中をよぎる。テレビに映っていたら、反射的にチャンネルを替えてしまう自分がいる。コントロールできない、表面的でない深いところで、どうしても拒絶してしまう。

ライブに行くと、当時に引き戻されるような気がする。口角《こうかく》に力が入らなくなってしまいそうな気がする。時間をかけて綺麗《きれい》な思い出にしたはずの過去が、また私を惑《まど》わせるのではないか。17ｔｈシングルの表題曲「インフルエンサー」を聴くと、一人だけ覚えられずに泣き崩《くず》れたあのレッスンルームを思い出して、動揺《どうよう》してしまうのではないか。

いつかファンの人たちに「（卒業していく）私を引き止めないでください」と言ったことがありました。決意は固いですよ、もう何を言われても気持ちは変わりませんよ、の意思表示でした。そんな悲しいこと言わなくてもいいのに。わざわざ言いたかったのだと思います。

時間はかかっていい。乃木坂を心から好きと言える自分になりたい。
好きだった乃木坂を見て、嫌悪感を抱きたくない。
自分の過去をちゃんと消化したい。成仏《じょうぶつ》させてあげたい。

卒業してから一年半が経ち、少しずつそんな気持ちが芽生《めば》えました。

ライブ映像鑑賞

久々にライブ映像を観てみたいと思いました。家にいくつかある中でその時チョイスしたのは『僕だけの君 Under Super Best』。ちょうど私が乃木坂を辞めたのとほぼ同時期に、アンダー楽曲だけで構成されたアルバムがリリースされていました。シングルごとにカップリングとして収録されるアンダーメンバーの楽曲には、表題曲に引けを取らないくらい良い曲がたくさんあるよね、という声がずっとありました。とうとう1ｓｔから当時までのアンダー楽曲がアルバムになって発売されたのです。

その特典映像に『The Best Selection of Under Live』が収録されていました。数あるライブ映像の中で一番観たいと思ったのがそれでした。

「顔、丸っ！　コンディション悪っ！」「前髪割れすぎ！」などツッコミたくなるような楽曲もありましたが、それは置いておいて。

ステージに立っていた頃の感情がフッと蘇《よみがえ》りました。もう二度とこんなふうにステージで踊ることはないのだなと不思議な気持ちになりました。人生で何回ステージに立ったのだろう。

楽しそうに踊っていました。私ってこんな感じで客席から見えていたんだって、客観的に思いました。

ライブに関して辛かった記憶は、最後の休業前後以外はありませんでした。時間がない中で覚えることがたくさんあったり、早着替えがハードだとか、仕事後のリハに参加するのが体力的にキツいなと思ったことはありましたが、大変なだけで苦ではありませんでした。アンダー全然出番ないじゃん！　と最初にセットリストを見たときは思っても、ポジションが一番端《はし》でも、歌って踊ることは楽しかった。

頑《かたく》なにみんなにダンスを合わせようとせず、自分がこれまでスクールで築いてきたクセのある踊り方を貫《つらぬ》いていたことも思い出しました。あるタイミングで気づいてからは矯正《きょうせい》するよう努めましたが、しばらくは自分が正しいと思っていました。しなやかな動きで、みんなで揃《そろ》ったダンスも乃木坂のカラーの一つ。それを求められているのに。私からしたら「ぬるい」と。全然汗かいてないじゃん、と。一生懸命踊るほど、求められているものから遠ざかっていっている。そのことに気づけず、頑張り方がわからなくなった時期が長くありました。

でもこうして映像で見ると、私のダンスは上手い下手の話ではなく悪目立《わるめだ》ちをしていました。それに気付くまでに時間がかかったな、とか。

11thで初めてアンダーのセンターを任された時。この曲の衣装はピンク色で、首回りには花のデザインを施《ほどこ》した可愛らしいものを作っていただきました。当時の乃木坂ではダントツでガーリーな衣装でした。

デザインしてくださったスタイリストさんが「ひめたんのイメージにぴったりでしょ？」なんて言ってくれて、とても嬉しかった。片思いをしている恋心を歌った楽曲の雰囲気《ふんいき》にもぴったり。

スカートがふわっとしていて、綺麗なピンク色で。スタイリストさんは言わなかったけれど、おそらく私の体型をちゃんとカバーできるように考えてくださっていて。衣装合わせをしながら、センターってこういう事なんだって実感したのを思い出しました。

思い返すと、アンダー三列目からのスタートでした。一列違うだけで、景色が全然違う。前に10人ほどいるのだから仕方がないけれど、客席からだと私は半身しか見えないとかザラです。一列前に出るためには、努力だけでなんとかなるものではないけれど、それでも日々努力して、前に出られた時の喜びといったら。

そりゃ選抜されて三列目の一番端のポジションを与えられたあの時、私の位置から客席まで途方《とほう》もないほどの距離に感じるよな。目の前の壁が分厚《ぶあつ》く感じるよな。当時の私の力量とメンタルでは、アイドル人生もう少し懸《か》けたとしても前には行けなかっただろう、と今振り返っても思います。

後輩が入ってからアンダーの雰囲気も変わったように思います。これまでは同じ一期生の中で選抜・アンダーと分けられていることへの悔《くや》しさが原動力となっていたけれど、ちょっとアンダーライブの意義が変わったというのかな。

いつからかアンダーライブは、目指すところが変わったと個人的に思っていました。もちろんアンダーライブはメンバー一人一人のものだから、各々の解釈で取り組むのが正解だけれど。私は常に「打倒、選抜！」思考で闘争心をもっていましたが、それは少数派だったのかな。

そういえば、アンダーライブの話し合いの中で「ひめたんが考えていることを、みんなと共有してほしい」と言われたことがありました。意識してだんまりを決め込んでいたわけではなかったのですが、もっとみんなを頼ってもよかったのかもしれません。


いろいろ見たくなって、スマホの過去の動画を遡《さかのぼ》りました。過去に使っていた機種を引っ張り出して充電して。

ライブの時期は、リハーサルの後にレッスンルームでの動画が送られてきます。今日一日の記録となり、家や移動中にそれを観て頭に入れます。リハを欠席した日は、今日こんなことをしたのだなと把握《はあく》するために使います。

その日に作られたダンスや立ち位置をまた別のライブで使うことがあったり、オリジナルメンバーが欠席したり卒業したりすると別のメンバーがそのポジションを引き継ぐので、何かと重宝《ちょうほう》されます。

そんな動画たち。スマホの容量がもったいないからと、ライブが一段落したタイミングで一掃《いっそう》していました。今思うと、もっと残しておけばよかった。

DVDやBDとして販売されているライブ映像は、メンバーのアップの顔とか、会場の演出とか、いろいろと映されています。ですから自分の姿は確認できない時間の方が長い。記録用動画は全体を撮っているので、踊っている姿がより観やすいのです。

Tシャツにゆるいシルエットのパンツ、エアマックスで踊っている姿は、衣装とはまた違う見え方がします。なんというか、「踊ってる‼」という感じ。リハの映像はクールな印象で、ダンスが激しい曲では髪を振り乱して。揃えるように意識しながらも、パフォーマンスに対する熱はスクールで踊っていたあの頃の自分と重なります。

ライブ本番は綺麗な衣装を着てヒールのある靴を履《は》いて、笑顔や切ない顔など感情が乗っています。アイドルとしてのパフォーマンスをしていました。

いざ、神宮球場へ！

『乃木坂46 真夏の全国ツアー2019〈東京〉明治神宮野球場公演』をお客さんとして観に行くことにしました。

自分を試したいという好奇心もありました。乃木坂を見て、ライブという空間に行って、ファンと同じように客席に座って。そのとき自分はどんな感情を抱くのだろう。私はこのライブに参加してどう感じるのだろうという第三者的な目線。

私自身は「純粋に応援したい」「少し不安もある」「ようやく足を運ぶことができた」。それをもう一人の自分が後ろから見ていて「ねえ、今どんな気持ち？　楽しい？

懐かしい?」って面白がっている、そんな感覚でした。

当日は卒業生が何人も来ていました。私がグループを卒業して、いつの間にか二年が経とうとしており、その間に何人ものメンバーが卒業していったという時間の経過を感じました。我らがキャプテン、桜井玲香《さくらいれいか》ちゃんにとって卒業前最後のライブということもあって、見届けるべく卒業生が集結したのか。またはスケジュールがちょうど合う子が多かったのか。

仕事の都合で来られなかった子も何人かいて、もちろんそれは素晴らしいことで。グループにいた時も個人仕事は嬉しかったけれど、卒業してからはより仕事の重みを感じます。仕事がコンスタントに舞い込んでくるのは当たり前ではないのだなと。

私の今の仕事は芸能活動とは違うけれど、クライアントさん一人一人との出会いはかけがえのないものです。芸能人のみんなは、先方から依頼を受けたり、自らの力で仕事につながるようなことをしたりして、どんどんキャリアを重ねている。みんなそれぞれの場所で頑張っている。ワイワイ楽しそうに話しているのを見て、微笑《ほほえ》ましい気持ちになりました。

ライブでは、まず、直視できている自分に安心しました。

私の中で乃木坂は、休業直前の16thシングル・2016年秋で止まっていました。卒業する18thまで参加はしているのだけれど、最後の一年は、楽曲どころか、乃木坂の存在自体ノーサンキュー状態。

わかってはいたけれどやはり時間は流れていました。この目で見て、大丈夫だと感じることができました。もうすぐ24thシングルが発売になるのだそうです。

懐かしさよりも、新しいものを見ているという感覚の方が強かったかな。初めて聴く楽曲がたくさんあったし、知っている曲でも歌声が違って、卒業したメンバーたちのポジションを担《にな》っている新しいメンバーがいて。でも良い意味で違和感なんてなくて、今居るメンバーでの「乃木坂46」がちゃんと確立されていました。

三期生の台頭《たいとう》、四期生の初々《ういうい》しさ。片時も止まることなく彼女たちは変化していました。先輩としての「頑張ってるな〜」ではなくて、かわいい女の子たちのパワーを感じました。彼女たちのパフォーマンスが何万人もの観客を熱くしている。そのことを、ごく一般的な立場としてすごいと思いました。

一期生、二期生、三期生、この時観に行ったライブは四期生まで、同じステージに立っています。それぞれ顔つきが違うなと感じました。一期生は歴が長いだけあって表情を作るのが上手だとか、単にそういうことではなくて。

卒業なのか解散なのか、あるいは流行《はや》り廃《すた》りか。アイドル、特に女性のグループというのは半永久的に存在するものではありません。いつかみんないなくなってしまう。それはわかっているのだけれど、それでも、誰一人欠けてほしくない。できることならいつまでもそこにいてほしいって思ってしまう、ファンのジレンマがわかった気がしました。

儚《はかな》いな。今この瞬間、こうして観ることができているのに。同じ場所で同じ時間を共有しているのに。終わりがあるって考えたくないっていう気持ち。そんな感想を抱きました。

中にいた者として、グッとくる場面がありました。

卒業するメンバーと、送り出すメンバーやファンを見ている時でした。

先ほども書きましたが、この日は、キャプテン桜井玲香ちゃんの最後のライブでもありました。彼女が歌っているパートが流れるたびに「もうこの声で聴くことはなくなるんだ」と、胸がキュッとなる瞬間が何度かありました。

これからも芸能活動を続けると言っているのだから、姿が一生見られなくなるわけではないのだけれど、それでもこうして歌って踊っている姿を見ることはもうできなくなってしまう。MCで、彼女の、彼女自身の紡《つむ》ぐ言葉を聞く機会もなくなるんだ、とか。

これはファン側の目線かもしれませんが、今こうしてライブで同じ景色を見たり直接声援を送ったりできるのってありがたいことだなと。握手会なんて、考えてみればとんでもなく尊《とうと》い。

そういえば、アイドルのファンである友人がこんなことを言っていました。

「彼女たちは卒業を決めた時から、未来を見て活動している。けれど、ファンは過去も踏まえての今を生きているんだよ」

「グループにいながらでも、女優やタレント業はできるじゃん。それなのになんで卒業しちゃうの？　遠くに行ってしまったみたいで寂《さび》しいよ」

卒業していくメンバーはいつも清々《すがすが》しい顔をして羽ばたいていきます。この日の玲香ちゃんも本当に美しくて凛々《りり》しかった。ライブが始まってすぐ顔がモニターに映し出された時、思わず「綺麗……」って声に出してしまいました。ただ美人なんじゃない。やりきった感や、潔《いさぎよ》さみたいなものも相《あい》まって、より生き生きとした表情に自然となるのでしょうか。

卒業してゆくメンバーのこれまでにない晴れやかな表情が、ファンに余計、空虚《くうきょ》さを感じさせます。今彼女にかける言葉なんて「卒業おめでとう」以外にふさわしいものはありません。祝福しなきゃいけないのかもしれないけれど、それができないもどかしさ。アイドルファンの友人は何度もこれを経験しているのか。強いな。

*

終演後、楽屋に行って一期生のみんなで集まりました。

現役メンバーも卒業生も、あの頃と変わらない感覚。選抜アンダーとか、年の差とか、そんなものを感じないのですよね。

思春期真《ま》っ只中《ただなか》。苦楽を共にしながら一緒に活動をしてきました。学校の友達より長い時間一緒にいて、同じ感情を共有してきました。

東京から大阪まで握手会のために8時間、ロケバスで移動していたことなんて、今のグループの規模からは考えられないかもしれません。新幹線になった時は、乃木坂売れたな〜と他人事のように思いました。

地方で握手会を開催するとどのレーンにも人が並んでいなくて、ファンよりも身内（メンバー＋スタッフさん）の方が明らかに多いよね、という会場も見てきました。

結成からCDデビューまで半年間、持ち歌がなかったので、イベントでひたすら自己紹介をしました。番組の企画ではありますが、駅前でポケットティッシュ配って「乃木坂46って言います」なんてこともしたり。

〝乃木坂48〟と間違われることなんてしょっちゅうで、その度に「悔しいね。いつか46ってちゃんと言ってもらえるようになろう」と励《はげ》ましあいました。最初の数年間の目標の一つはそれだったかもしれません。

そこから少しずつ歌番組に呼んでいただけるようになって、ソロ仕事が増えて、ライブの会場もどんどん大きくなって。「私たち、世間から評価されてきている。認められている」というのを肌で感じてきました。

それは後輩たちも、学校やプライベートでの友人も、家族も知らない。乃木坂一期生だけが知っている感覚であり、今となっては懐かしい思い出です。

青春の形っていろいろあります。学校行事なら体育祭、文化祭、部活動やサークル活動。家族や友だち・恋人とクリスマスにイルミネーションを見に行ったり、夏に花火大会に行ったり。そういった思い出が、私にとっては今書いたようなものだったりします。

メンバーって、どんな関係性かと聞かれるとちょっと難しいのですよね。友だちではないし、ライバル……だと思ったことはあまりなくて。（あれだけ打倒選抜！　と思っていた過去を先ほどまで書いておいてすみません。負けず嫌いな私は選抜システム打倒に躍起《やっき》になっていましたが、メンバー個人に対してバチバチしていたわけではないのです）

どちらかというとみんなで協力したり励ましあったりする場面の方が多かった気がします。距離感だけなら「家族」「姉妹」とかの方が近い気がします。

それぞれのタイミングで巣立っていき、違う場所で戦っていて、もちろん現役のメンバーも頑張っています。時間が経っても、こうしてまた会うことができる関係性って素敵だなと。あの頃よりも大人になった今だから、新たに共有できる感情もあるかもしれません。

活動している時、特に最後の一年間は、メンバーといるのが辛いと思ったこともありました。足を引っ張っているような、ここにいて良いのだろうかというアウェー感。けれど、私もこのグループの歴史を形成した一員であったことを、このライブで仲間たちが教えてくれました。

後輩も快《こころよ》く輪の中に迎《むか》え入れてくれて、現役メンバー・卒業生、みんなで写真を撮《と》りました。久々に顔を合わせて会話を交わした時間はとても居心地が良く、心温まるひと時でした。素敵な仲間たちと出会わせてくれた乃木坂46という存在が私の中でいかに大きいものであったか、改めて実感しました。

後日談

卒業前最後のアンダーアルバムカップリング曲として与えていただいたソロ曲「自分のこと」がようやく聴けるようになりました。疲弊しきっている中でレコーディングした曲で、完成当時は痛々しくて聞けませんでした。歌っている張本人が聴けないような曲をリリースして、皆さんに「聴いてね！」だなんておこがましいことをしたわけですが、ようやくこの曲と対峙《たいじ》できました。

まあ笑っちゃうくらいに声は出てないし、声がひっくり返りそうだし、滑舌《かつぜつ》悪いし。人生で一番歌が上手だった中学二年生の私が聴いたら呆《あき》れるでしょう。必死で歌っていました。今カラオケに行っても同じ歌声を再現するのはできないな。あえてエフェクトを入れたりせず、歌声を大切に編曲してくださったのでしょうか。かつての〝ひめたん〟を装《よそお》いきれなくなった、中元日芽香の姿が目に浮かびました。

その詞は、いろいろな方に当てはまるようで、「今の自分にすごく刺さるんです」と言われることがあります。当時の私の心境を思い出して、目の前の相手に寄り添うことができます。少し休もう。またいつの日にかゆっくり歩き出せばいい。うんうん、優しい言葉ですよね。頑張り屋さんはなかなか自分に対してそのように声かけすることはできない。でもつらさを周りに悟《さと》らせない。そんな時、詞が寄り添ってくれるのだそうです。

辞めてすぐ、ＣＤや自分が写っているグラビア雑誌などを実家に送ってしまいました。過去は段ボールに葬《ほうむ》ったはずでした。でも今は見てみたいな。面倒な作業ですが、気が向いた時に段ボールを漁《あさ》ってみようと思います。


数年間、過去と対峙できなかった理由。

乃木坂と聞くといろんなことを思い出すという以外にもう一つ見つけました。

乃木坂のメンバーというだけで、周りは「すごいね！　頑張ってるんだね！」と言ってくれました。

乃木坂を辞めた当時は、頑張っているものが何もなかった。「最近は何をして過ごしているの？」と聞かれるのが怖かった。何もしていなかった私は、自信を持って答えられるものがない。それを相手に知られることも、そのことを自覚してしまうのもまた避《さ》けたかったのだと思います。

質問にそんな意図がなかったとしても、私にとっては過去との比較、頑張っている現役メンバーとの比較、今まさに将来へ向けて準備している同級生との比較。みんな「これから」に向けて努力しているのに、私だけ燃え尽きてゴールを迎えてしまった。そして表立った活動を何もしていない。次は何をするつもりだろう、今あの子は何を考えているのだろうと周りが思うのは自然なことである一方、私はみんなに合わせる顔がない、情《なさ》けないと感じました。

それが、カウンセラーとして仕事をするようになって、少しずつ自分に自信が持てるようになった時、やっと過去に目を向けられるようになりました。単純に時間経過や、心身の健康を取り戻したことによって、余裕が出てきたというのもあると思います。

自分で前進しなければと前向きな気持ちになれたこと。
実際に会場に足を運ぶことができたという事実。
そこで見た景色を受け入れられるようになった、新たな自分に出会えたこと。

そのことを確認するためだけに行ったわけではもちろんないけれど。
純粋にライブを観たいという気持ちが、私を神宮へ導《みちび》いたのだけれど。

ライブを観に行きたいと思えるようになって良かった。
乃木坂のことを嫌いになったわけじゃなくて良かった。
昔の乃木坂も、今の乃木坂も、そしてこれからも形を変えていくであろう乃木坂も。
目の前の彼女たちを応援したいと思いました。

私は多くの卒業生とは違った進路を選んだけれど、久々に集まるたびに「今、すごく充実しているよ」と言える自分でいたいし、「乃木坂の卒業生ってすごいな」って思われるよう、グループに恩返しできるようになりたい。振り返ってみて、改めてみんなの輝く姿に感化された一日でした。

＊

「ひめたん久々だね。最近仕事どう？」ってたくさんのメンバーが聞いてくれました。

うん。久々だね。仕事？　楽しいよ。

あとがき

拙著《せっちょ》が出来上がった経緯をお話しします。

はじまりは現役アイドルだった頃。心身のバランスを崩《くず》したために活動を一時休業していました。何もやることがなかったというのもあるし、逆に休んでいる今しか書けない文章があるんじゃないかと思い、日記のように文章を書き始めました。

家にこもって誰にも会っていなかった私は、人に話をするように文章を書きました。実体を持たない自分の感情が、書き起こすことで輪郭《りんかく》を持つようになる。それが楽しくて、これといった趣味がなかった私は一日中熱心に文章を書いて過ごしていました。

いつしか、形にしていろんな人に読んでもらえたら素敵だなと思うようになりました。

しかし当時は、自分の現在地を俯瞰《ふかん》で捉えることができず、文章の着地点も見つかりませんでした。行き場を無くした原稿はそのまま眠らせておくことに。その後、アイドルを卒業、何者でもない空白の期間があって、心理カウンセラーという新しい仕事を始めました。

時間が経って、休業していた時に書いたものを読み返してみました。当時の葛藤《かっとう》が伝わってきました。二年前は自力で乗り越えられない壁だと思っていたものが、言葉で説明できるほどクリアになっていました。心持ちが変わり、客観的に過去を振り返ることができました。

あの時は書き上げることができなかったけれど、今なら着地できる気がする。でも、果たして大成功したわけではないアイドルの、ありのままを綴った文章を読みたい人はいるだろうか。過去の栄光にしがみつくのも、不幸自慢をするのも好きではありません。今となっては作品にするものではない、このまま自分の中にしまっておくべきか。しかし、あの時苦悩したことや、流した涙が今に生きているとも思うのです。

色々と思考する中で行き着いたのが、「アイドルからカウンセラーに転身した」という経験と、その中で得た気づき、それを踏まえて今を生きている様を記すのはどうだろうという答えでした。

まったく同じ道を歩んでいる人はなかなかいない、そう考えると私は貴重な青春時代を過ごしました。カウンセラーという職業と出会い、実際に仕事ができるようになるまでの最短距離を走ることができた、恵まれた人生を送っていると思っています。

貴重だけれど、特殊というわけではない。「アイドルって大変だったでしょう。私たちにはわからない世界だわ」とか、「アイドルとか芸能人って、頑張っていると思うけれど仲良くはなれなそう」と言われることもあります。

確かに私も、芸能人と聞くと「違う世界の住人」というイメージがあります。アイドルからあまり苦労話を聞きたくない。だから、元アイドルの私からこんな話聞きたくなかった、という意見があるかもしれないなと考えたりもしました。

でも、私は、ですよ。本物の一流スターはわからないけれど、私の悩んだことは、芸能人特有のものでもなんでもなかった。現場でクライアントさんのお話を聞くうちに、どの環境・立場にいても、悩みの根っこにある部分は、似ているのではないかと思うようになりました。

なので今回は、カウンセラーだからとか、アイドルだったからということではなく、この時点まで運よく面白い人生を歩むことができた私が、その道中で見たり聞いたり考えたり、気づいたことを綴ってみました。

悩んでいる誰かの心に、実体験という形で、そっと寄り添うことができたらいいな。世の中いろんな人がいるんだな〜と、自由に生きたい人たちの背中を押せたらいいな。

娯楽《ごらく》でもなんでも。とにかく楽しんで読んでいただけるものになっていたなら幸いです。

実際に現場でお会いしたクライアントさんとのお話がいくつか出てきました。カウンセラーには守秘義務《しゅひぎむ》というものがあります。また個人情報保護の観点からも、具体的なエピソードに関しては内容を一部変更しています。

*

今作を出版するにあたり、編集の浅井茉莉子さん・向坊健さんには大変お世話になりました。浅井さんとは打ち合わせという名の女子会を重ね、東京ドームライブにも来てくださり、本の内容と関係ない近況報告なんかも聞いていただき、いろんなお話をしながらこうして書き上げることができました。

浅井さんと私を引き合わせてくれたY&N Brothersの秋元伸介さんにも心からの感謝を。

乃木坂46LLCの今野さんにはもうずっとお世話になっていますが、出版に関しても何度も励ましの言葉をいただきました。今野さんがいなかったら途中で執筆作業を断念していたかもしれません。

乃木坂46は私が人生で一番どハマりし、青春の全てをこのグループに捧げたい！と思ったほどでした。そんな私の大好きな乃木坂46を作り、ここまで大きく育ててくださった秋元康先生。

皆様、本当にありがとうございました。

*

最後まで書き上げてみてふと思いました。

アイドルがいかに素晴らしい職業かということをもっと書きたかった……。

私、アイドルの仕事が本当に大好きだったんです。終身雇用制《しゅうしんこようせい》でいつまでもアイドルでいられたらきっと楽しかっただろうな。流行とか、体力とか、あらゆるものに抗《あらが》う必要がありますね。そんなことを考えるのもまた楽しい。

第一線から遠ざかって随分と時間が経ってしまった私が、今更《いまさら》アイドル談義をするのは野暮《やぼ》な気がしています。楽しい思い出は自分の中に秘《ひ》めておくことにします。

装幀　大久保明子

撮影　新津保建秀
ヘアメイク　宇藤梨沙
スタイリング　梶原浩敬（Stie-lo）

衣装協力
ブラウス／スカート　ともに ne Quittez pas／パサンド バイ ヌキテパ
ピアス／リング　ともに baebae／アイクエスト ショールーム

本書は書きおろしです。

中元日芽香（なかもと ひめか）

1996年4月13日生まれ。広島県出身。早稲田大学在学中。
日本推進カウンセラー協会認定、心理カウンセラー＆メンタルトレーナー。
2011年から6年間、アイドルグループ「乃木坂46」のメンバーとして
活動したのち、2017年にグループを卒業。
自身の経験から、心理カウンセラーになることを決意。
グループ卒業後、認知行動療法やカウンセリング学などを学び、
2018年にカウンセリングサロン「モニカと私」を開設し
心理カウンセラーとして活動を始め現在に至る。

ありがとう、わたし

乃《の》木《ぎ》坂《ざか》46を卒業《そつぎょう》して、心理《しんり》カウンセラーになるまで

2021年6月25日　第1刷発行
2021年7月15日　第3刷発行

著　者　中元《なかもと》日《ひ》芽《め》香《か》

発行者　島田 真

発行所　株式会社　文藝春秋
〒102-8008　東京都千代田区紀尾井町3-23
☎03-3265-1211

印刷所　大日本印刷

製本所　大日本印刷

組　版　東畠史子

　ISBN978-4-16-391391-9
Printed in Japan